佐藤愛子の孫は今日も振り回される

杉山桃子 著

コスミック出版

はじめに

私は何者なのか。「佐藤愛子の孫」ということ以外の略歴もお伝えしておいたほうがいいと思うので、まず自己紹介をさせていただく。

私は名前を杉山桃子という。本書ではそう名乗っているが、普段は「青平《あを》」というアーティスト名で創作活動を行っている。自分で作った歌をライブで歌ったり、動画を制作したり、フィギュアなどの立体物を作ってはアート系のイベントで販売したり、とにかくやりたいことをやりたいままやっている。

私は平成三年八月に東京で生まれ、小学校から大学まで一貫の学校に通った。小学校六年生の時、田中真弓さんに憧れて声優になりたいと思い、中学から演劇を始めた。

小さい頃は人前に出ることが大嫌いで、八歳の頃から習っていたピアノの発表会もそれまで一度も出たことがないほどだったが、思春期の感受性と演劇の空気が混ざり合い、十代の頃は自意識が暴走した。

三十を超えた現在でもあまり思い出したくないが、自分のことを一時期「俺様」と呼んだりとか、そういう痛々しい少女時代を過ごしたのである（小学校から高校まで女子校であったから、男性的な雰囲気に奇妙な憧れを持っていたのだろう……嗚呼、恥ずかしい）。

大学に入って、学生劇団「劇団テアトルジュンヌ」に所属した。そこで演劇を続けるうち、演出の言うことに従って表現する役者という立場に疑問を抱き始め、ダンスの振り付けとか、劇伴の作曲に挑戦してみたりといった「個」の表現にシフトする。

大学卒業後はテレビ番組の制作会社に就職し、夜の目も寝ず働く日々を過ごした。とはいえ私の担当した番組はあの時代としては画期的なほどホワイトな環境であったことは、当時の上司に対する感謝と共にここに記しておかなければならない。昼間は外国人を相手に街頭インタビューを撮り、夜はリサーチ、編集、収録準備などに明け暮れる一年であった。

体調を崩し退職したあとしばらくはミュージシャンを目指し頑張っていた。しかしミュージシャンとは何ぞや？　金を貰って曲を書けばミュージシャンと名乗れるのか？　歌を歌えば誰でもミュージシャンか？　そんなつまらない思考に雁《がん》字《じ》搦《がら》めになっているうち、アクセサリー作りが高じてメリケンサックを作ってみたり漫画を描いてみたり、いつの間にかミュージシャンどころか何者でもない、ただの「青乎」になっていたのである。

今回この書籍のお話をいただくまで、様々な創作活動を行う中で「文章を書く」という選択肢を取ったことがないことに気づいた。祖母が作家だからといって自分になにか文才があるとは思わないし、書いてみたいと思ったこともなかった。

祖母の本はそこら辺に転がっていたから、暇な時にたまに読んでみる程度で、ベストセラーとなった『九十歳。何がめでたい』に至っては令和六年九月現在、まだ読んでいない（販売に奔走してくださった担当のKさん、すみません）。しかし、祖母を始めとして曽祖父、大叔父、そして母も戯曲や書籍を出版している作家である以上、文筆は私のルーツと言えるのだろう。

この本は、佐藤家を通して自分と向き合う良いきっかけなのかもしれない。祖母という人間、佐藤家の血筋を辿る私の個人的な旅路に暫しお付き合いいただきたい。

令和六年九月　杉山桃子

佐藤愛子の孫は今日も振り回される 目次

第一章 祖母との思い出

第二章　佐藤家の人々とその周辺

第三章　アバウト・ミー

第四章　最近の祖母

文章・漫画・イラスト｜杉山桃子

装丁｜川畑サユリ
佐藤愛子 帯写真｜楠聖子
本文デザイン＆ＤＴＰ｜葛西剛（コスミック出版）

グラビア撮影｜中山雅文
ヘア＆メイク｜田中徹哉

協力｜佐藤愛子
杉山響子

藤間爽子（レプロエンタテインメント）
加瀬将則（レプロエンタテインメント）

企画・編集｜栩島慎司

第一章

祖母との思い出

役目を終えたゲラの裏に描いた漫画

子供の頃から私は絵を描くのが好きだった。

祖母の原稿の書き損じやら役目を終えたゲラの裏など、紙は文字通り掃いて捨てるほどあった。祖母が住む一階のファクシミリの隣に要らなくなった裏紙置き場があり、そこから勝手に数枚取っては物語を描いていた。

横向きの紙の真ん中に線を一本引いて、登場人物にフキダシを書く。一ページ二コマの大雑把な漫画のようなものである。祖母に来客があろうが仕事があろうがお構いなしに横でせっせと描いていた。

大体は「主人公が仲良しのお友達とロケットに乗って宇宙へ遊びに行く」という内容だった。渋谷に五島プラネタリウム（平成十三年閉館）があり、小学校お受験の塾帰りに親に連れて行ってもらっていて、星座だとか宇宙だとかが大好きだったのである。物語の内容は、その当時行きたかった場所や欲しかったものに影響されていた。

まだ文字もうまく書けなかった時、私は「いいちゃんとおねえちゃん」という物語を描いた。私はひとりっ子で、きょうだいというものに強い憧れを持っていた。それは仲のいい姉妹の日常生活を描いた物語だったが、「いいちゃんとおねえちゃん」という題字と台詞を描くので精一杯でト書きを書くのを諦めた。そこで祖母に、

「口で言うからそれ書いて」

と口述筆記をお願いしたのである。私は祖母が小説家で文字を書くのが仕事だということがわかっていたので、うまくやってくれるだろうと思ったのだと思う。

私は祖母の隣でベッドに横になりながら、思いつくままに「いいちゃんとおねえちゃん」の生活を語った。祖母は書物机で万年筆片手に、空いた絵の隙間に書いてくれた。しかし語彙の少ない子供の時分《じぶん》だったので、すぐ言葉に詰まってしまい、その度に「そして」と言う。祖母は私が言う「そして」も全て書き留めた。

出来上がった漫画を見てみると、とある一コマに、

「そして、そして、そして、（そしての大爆発）」

と書かれていた。私は祖母のユーモアのセンスにとても満足した。

明日はお立ちかお名残惜しや

北海道の浦河という小さな港町に、祖母の別荘がある。新型コロナウィルスの前までは、夏の暑い季節が近づくと、祖母は毎年浦河の別荘で二か月ほど滞在していた。うちの別荘は小高い丘の上に建っていたから、夏でも夜になるとフリースを一枚羽織らなければいられないほど涼しかった。祖母など朝方はストーブを焚いていたほどである。

私も学校に通っていた頃は夏休みを利用して二、三週間をその家で過ごした。蠅より大きな虫など見たこともないような都会育ちの私には、一月足らずの滞在でも田舎暮らしは刺激的だった。トイレに行くとカマドウマがいて、スリッパを履くと中にバッタが潜んでいた。虫嫌いの私は身の回りに虫が潜んでいないか、始終周りを警戒してなくてはならなかった。

虫がどうしても行く手を遮《さえぎ》る時は祖母を呼んだ。祖母は素手で素早くカマドウマを捕まえると、サッと窓を開けパァーッとカマドウマを放り投げた。戦争を潜り抜けた人間の逞《たくま》しさを見た。

大抵最初の一週間ぐらいは帰りたくて仕方なかったが、帰る頃には虫にも慣れて、帰るのが寂しくなって新千歳空港で泣いたりした。

私は学校があるので先に帰るが、祖母はまだまだ東京は暑いと言って九月半ばまで一人浦河に残った。祖母が私たち一家を見送る側になるのである。そうなると祖母は決まって歌を歌った。

明日はお立ちかお名残惜しや　雨の十日も降ればよい
ヤーレードンガラガッチャホーレツラッパノティーヤ
マーガリン　マーガリンガラチョーイチョイ
シッカリカマタゲワーイワイ
チョイヤラリーヤ　チョイヤラリーヤー

途中から何が起こっているのかよくわからないが、とにかく祖母は暫しの別れとなるとこの歌を歌ったのである。

「ヤーレドンガラガッチャ」からなんとなくフニャフニャと歌い始めるのだが、「シッカリカマタゲワーイワイ」はイヤにはっきり歌う。

祖母によると、この歌は曽祖母・三笠万里子《みかさまりこ》こと佐藤シナが女優をやっていた頃に出演した芝居の中のワンシーンで、南洋の島に流れ着いた冒険家が原住民と仲良くなるが、元の都会に帰らねばならない、その場面で原住民たちが歌う歌だと言う。さらに聞くと、この狂気の後半部分はエチオピアの国歌らしい、とも言っていた。百年以上前のエチオピアの国歌を知る由もないが、国歌にマーガリンを入れる国がどこにあろうか。私は祖母か曽祖母の口から出まかせではないかと思っている。

よりにもよってこんな間抜けな出まかせが私にとっては思い出の歌になってしまった。私も自分の子供や孫ができたら、この出まかせを継承していこうと思っている。

ビール

祖母は外食に行くと必ず
ご注文は？
ビールの小さいのを
ビールを頼む
いやぁ先生流石ですね
いや別にそんなんじゃないけど
あたしお酒とかコーヒーとかの味わからないのよ
お酒っていうのは一口目のビールしかおいしくないわね
ああちょっと寒くなってきた
なんか温かいもの頼む？
梅酒のお湯割りを
のむのかよ

祖母と共有できる数少ない話

私は一時期、夢日記を付けていたことがある。寝る前、枕元にノートとペンを置いておいて、朝に目が覚めるとまずそれまで見ていた夢をノートの端に赤いペンでメモする。そしてそのメモを元に黒いペンで書き留める。そんなことを三年ほど続けた。

面白い夢を見た日はその内容を周りに語った。祖母にも語って聞かせていると、その内に「昨日はどんな夢を見たの」と聞いてくるようになった。私の見る夢が楽しみになってきたようだった。

「おばあちゃんはどんな夢を見たの？」

と聞いてみても「見たんだろうけど覚えてないねえ」と言うことがほとんどだったが、一度「椅子を担いで丘を登り、そのてっぺんで椅子に座ると空に打ち上がった」という夢を見たと言っていた。

ある日、祖母が見た夢の中で、子供の頃の一番古い夢の話をしてくれた。次のような内容である。

祖母が暮らしていた兵庫県鳴尾村の家の脱衣場。捨て損なった大きなテーブルが置かれている。そのテーブルに上るとお隣のフクモリさんの家が見えるので、今日も上ってその家の庭を眺めている。フクモリさん家のチエちゃんのお兄さんが、今日も「勉強ができないでどうする」と父親に坊主頭を叩かれていやしないか？　と覗き見る。お兄さんの名前はシゲルちゃんと云ったか。すると突然、女の幽霊がテーブルの下から現れて足を掴まれる。ここで目が醒める。

祖母が就学する前に見た夢だそうだから、百年近く前の子供が見た夢ということになる。鳴尾村という村は西宮市に吸収されて現在は存在しない。もうフクモリさんの家もないだろうし、シゲルちゃんもおそらく亡くなっておられるだろう。ただ、祖母の見た古い夢の記憶の中でシゲルちゃんは生きていて、お父さんに勉強が出来ないという理由で坊主頭を叩かれている。

百歳を迎えて祖母も随分耳が遠くなり、補聴器を着けていても大声で話しかけなければ会話ができないようになった。認知機能も年齢相応に衰えた。若い時から機械には疎かったからデジタルの時代を生きる我々ともなかなか話が通じない。

「今、ｉＰａｄでスチームパンク風の漫画を描いていて、次のコミティアに出すんだよ」と近況報告をしたくても、コンピュータとスマホの違いもわからない今の祖母にわかるように説明するのはどんなに時間を掛けても不可能に近い。

そんな我々に共通する数少ない話題の一つが、その日見た夢の話である。

「今日見た夢でね、仲間内で宇宙船に乗っていて、それが墜落して、そうしたらみんなゾンビになっちゃって……」

大正生まれと平成生まれがお手軽に共有できるアドベンチャーである。

大晦日に祖母と作るお煮しめ

祖母は料理が好きだ。「作家は物を作り出す人間だから、作家であれば同じ物を作る行為である料理も好きなはずだ」という謎の持論を持っている。

こだわりも強く、私が小さい頃などはマヨネーズを自作していた。マヨネーズを作る際、ボウルの上から少しずつ油を垂らす係と、ボウルの中身を攪拌《かくはん》する係の二人が必要だ。私はよく混ぜる係をやらされた。油を垂らすのは熟練の技が必要とのことでやらされなかった。

祖母は揚げ物なども得意であった。今時の考え方からすると揚げ物など片付けも大変だし面倒に感じるが、天ぷらやフライ、正月で余った餅を揚げ餅にしたり、ジャガイモをスライスして手作りポテトチップスなども昼間から作っていた。

なかでもコロッケは得意で、私などはマッシュポテトを作った後にさらに揚げ物もしなくてはならない料理は面倒に感じるが、祖母曰く「一度火が通った物を揚げるだけだから、火の通りを考える必要がなくて楽」とのことである。

祖母はカラッと揚がった料理を、キッチンペーパーを買うのをケチって自分の原稿の書き損じの上に並べていた。私はそんなものかと思い、自分が揚げ物をした際も同じようにしたら「インクが滲《にじ》み出すからおばあちゃんの真似はやめなさい」「あれは普通の人間はしない」と母に怒られてしまった。

私自身、祖母から幾つか料理を教わった。

プリンを教わった時は祖母自身もレシピを見ながら作っていたが、そのレシピを見てみたら重さの単位が匁《もんめ》だった。私は祖母からプリンの作り方を教わった時に初めて昔の日本では重さの単位は匁だったことを知ったし、それ以降匁という単位を使ったことがない。プリンを作る時のみ出てくる単位である。

毎年大晦日には、お節に入れるお煮しめを祖母と作る。毎年教わりながら作るのだが、一年に一回しか教わらないため何年経っても覚えない。

祖母が高齢になってからは、味付け以外の下拵《したごしら》えを私が担当することになっているが、動いていないと気が済まない祖母はずっと台所でそわそわしている。それで味付けを自分でやってしまうからいつまで経ってもコツが覚えられないのである。
ここに祖母直伝のお煮しめの作り方を書き留めておく。これで私が作れなくても、誰かが祖母の味を引き継いでくださることを願う。

佐藤愛子のお煮しめ（家族四人が正月三が日食べる分）

〈材料〉
京人参　二本
八つ頭《がしら》　一個
蒟蒻《こんにゃく》　一枚
牛蒡《ごぼう》　一本
蓮根《れんこん》　一本
干し椎茸《しいたけ》　四個か五個
鶏もも肉コマ切れ　三〇〇グラム

うずらの卵　五個
薄口醤油　たくさん
酒　大さじ三
砂糖　小さじ一（隠し味程度）
塩　小さじ一

〈作り方〉

①うずらの卵を固茹でに茹で、殻をむいておく。
②椎茸を水で戻す。戻し汁は後で使う。
③牛蒡は乱切り、蓮根は一センチ幅の輪切りにし、お酢を少し入れたお湯で湯がく。
④京人参をイチョウ切り（好みによって飾り切り）、蒟蒻は真ん中に切れ目を入れて結び、八つ頭は一口大に切ってそれぞれ湯がく。
⑤昆布と鰹節で出汁をとり、椎茸の戻し汁を入れ、そこに薄口醤油、酒、砂糖、塩を味見をしながら入れていく。おつゆとして飲んだ時に「ちょっと濃いかな？」

と感じる程度の濃さにしていく。

⑥鶏肉、椎茸、蒟蒻、蓮根、京人参、牛蒡の順番で入れる。

⑦八つ頭を入れ煮立たせる。

⑧煮立ったら中火にし、蒟蒻にまで味が染みたら火を止め、うずらの卵を入れ完成。

撮影：杉山桃子

お小遣いあげる

小さな頃は祖母が大好きだった。私を私立小学校に入れようと必死になっていた母とは対照的に、祖母は私に対して怒ることがなかったからだ。

祖母はきょうだいのいない私の遊び相手となって、トランプ遊びだとかあやとりだとかを教えてくれた。

中学校、高校と上がっていくうちに学生生活が忙しくなって、あまり祖母とは話さなくなっていった。同じ家に住んでいるとはいえ、居住空間は上の階と下の階に分かれているから階段をわざわざ降りなければ会うこともない。何日も顔を合わせないというのも普通のことだった。

ある日、たまたま祖母と話をしていて、祖母のある友人の話題になった。

「○○さんねえ、夜にお風呂に入ったら急に湯船から出られなくなったって言うのよ。それで一晩中湯船の中で過ごしたって。のぼせるから途中でお湯を抜いたんだけど、そうしたら浮力がなくなってさらに出られなくなって、翌朝息子さんが見つけて出してくれるまでそのままだったって」

それからは毎晩祖母が寝る頃に祖母のところに降りて行って様子を見ることにした。別に頼まれたわけではなかったが、「うちの人間はわたしが倒れていようが死んでいようが知らん顔なのよ」などと言われるのが不愉快だったからである。

祖母は機嫌がいい時もあったし、悪い時もあった。

私が音楽を主軸に活動していた頃、何故か突然「あんたに才能があるとは思えない」と言われたことがある。

あんた私の歌もまともに聞いたことがないではないか！　と思ってむっとしたら「こんなばあさんの言うことにいちいち腹立てていてもしょうがないでしょ」と言われ、

悔しくて泣いた。

そうかと思うと急に「いつ死ぬかわからんからお小遣いあげる」と言ってお金を渡してくることもあった。こういう時は断るのも角が立つので受け取っている。

「お金をあげようか？」と聞かれたら断ることにしている。祖母からお金を受け取るのは、自分の機嫌を金で買われているようでいい気分がしない。

そんな私を見て祖母は「あんたは本当に欲がない子だね～」と言う。

断筆宣言

祖母が八十九歳の時、『晩鐘』という小説を書き終えた。私は祖母の小説をほとんど読まないのでどのような作品かよく知らないが、祖父について書いたものだそうである。

祖母はこの作品を書き終えたある日、私にこう言った。

「これでおばあちゃんはもう断筆しようと思うよ」

当時学生だった私に、この言葉はボディブローのようにジワジワと効いた。

普段、祖母は自分の仕事に関する話を私にすることはない。そんな祖母が私にそんなことを言ったのがまず驚きであった。

祖母はよくふざけて（本気で思っている節もあると思うが）自分のことを「私のような大作家になると」だとか、「この大佐藤が言うんだから」などと言う。

祖母のことを大作家だとか大佐藤などと呼ぶ人を祖母以外に見たことはないのだが、

なぜ孫相手に作家自慢を言うのだろうかと思っていた。

自分が作家であるということに絶対の自信があり、誇りに思っていたのだろう。その祖母が、筆を置く。作家・佐藤愛子は死んだ——それはもう、私にとっては祖母の死同然であった。

私は祖母と話しながら涙を堪えきれなかった。

私の涙を見て祖母も泣いた。

「桃ちゃんは感受性の強い子だねぇ……」

私の涙するところを察するのは、何かというと「いちいちうるせえ」とか「そんなんどうでもよろしい」などと斬り捨てる祖母とは違う、小説家としての洞察力なのだなと思った。

祖母と二人、暫しの間向かい合って泣いた。


さてそれから数年後、皆様ご存知の通り祖母は『九十歳。何がめでたい』の連載を開始し、単行本化し、ベストセラーとなり映画化までされたわけである。私の涙を返してほしい。断筆したんじゃなかったのかよ。

一度それを指摘したことがある。祖母は、

「あれは小説の断筆。今回のはエッセイだから別。でももう書けない。これで本当に断筆する」

そしてその後『思い出の屑籠』を執筆した。もう私は祖母の断筆宣言を信じない。

イカの塩辛

私は小さい頃から、酒のアテみたいなものが大好きだった。夏になると北海道に連れて行ってもらえるから、日本酒に合いそうな魚介系のつまみがたくさんあるのである。北海道の知り合いも私の好みを把握していて、鮭とばやら貝ひもなんかを用意してくださっていたりする。

北海道の浦河町というところはイカ漁が盛んである。北海道の家は丘の上の高台に建っているから、夜になるとイカ漁の漁火が沖の方で光って見えるのが綺麗だ。翌朝、獲れたイカを漁師さんのご厚意で少し分けて頂けたりする。北海道の新鮮なイカを見るのも貴重な経験だった。

イカというのは新鮮なうちでないと捌《さば》くのが面倒臭い。皮を剥ぐのが難しくなってしまう。だからイカを分けて頂いた朝は着替えもそこそこにイカ捌きが始まるのである。私は料理があまり得意な方ではなく、魚の三枚おろしなどやったこともないが、イカを捌くのだけは子どもの時に教わった。台所で、祖母や母と並んでイカの皮を剥いたものである。捌いたイカはイカそうめんにして食べることが多かったが、私は祖母が作ってくれる塩辛が大好きだった。

まずイカを捌く。破けないよう慎重にワタを抜いて、墨袋は外して捨てる。墨袋は小さいが破けるとものすごく汚れるのでここも慎重になる。中骨が出ているのでそれを抜く。ミミの部分に切れ込みを入れて足の方向に引っ張ると、皮が剥ける。剥けた皮を布巾で摘んで、そこから全部剥ぐ。身はなるべく細く切っておく。

抜いたワタをバットにのせ、酒と塩を振り冷蔵庫で数時間寝かせておく。身の方は粗塩を振って水分を抜く。寝かし終わったワタをワタ袋からこそぎ出して、ワタの中身に水分を抜いたイカの身と鷹の爪を少々入れて完成である。

このイカの塩辛は家族みんな、とりわけ私と父の大好物である。父は酒を絶っているため、ご飯の上に乗せてぱくぱく食べる。私は蒸したじゃがいもに乗せて食べるのが大好きだった。すこし熱が通った塩辛の独特の食感がクセになる。

「お義母さんの塩辛は美味しいですね。お酒が飲めたらなぁ」

父はモソモソと喋る。私はモソモソと芋を食べる。

「桃子は酒のつまみみたいなもんが好きだね。将来は酒飲みになるかもなぁ」

果たして私は大の辛党となってしまった。酒好きな私を作り上げた要因の一つには、浦河の新鮮な魚介と、祖母の料理の腕があるに違いない。

マダニネックレス

※様似は浦河の隣町。白貝がおいしい。

容赦ない祖母

おなかすいたー
何か食べていいよ
お待たせ致しましたバタートーストです
おいしそー
桃ちゃんおばあちゃんに1つ頂戴
うんいいよ
ひょい
あっ
まん中の一番おいしいとこもってくなんて大人気ないねぇ
この子は好きなのは最後に残す派なの
…!
……
えへ
桃子は許すことを覚えた
にこっ

第二章

佐藤家の人々とその周辺

佐藤家 系図

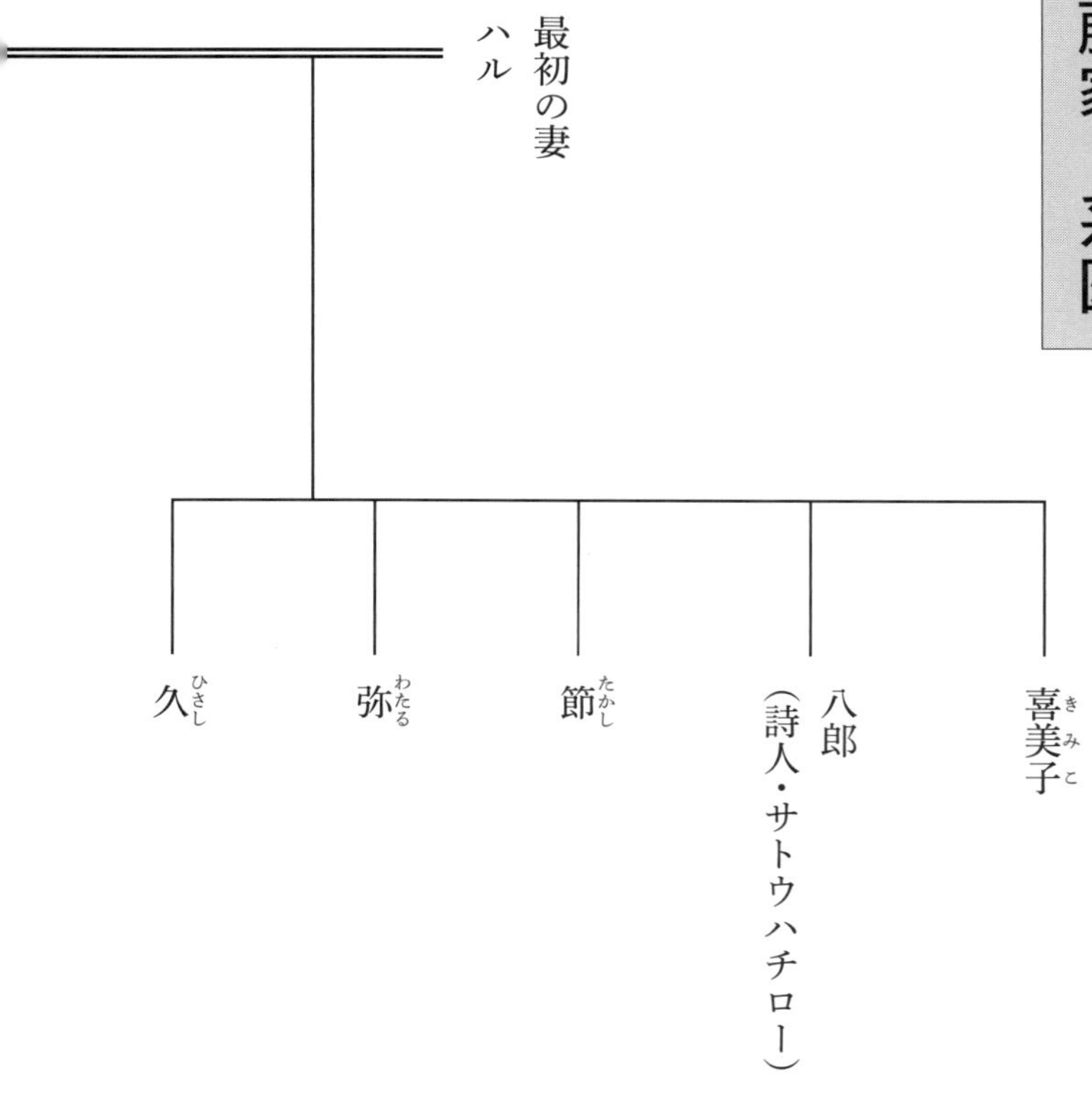

最初の妻
ハル
久《ひさし》
弥《わたる》
節《たかし》
八郎
（詩人・サトウハチロー）
喜美子《きみこ》

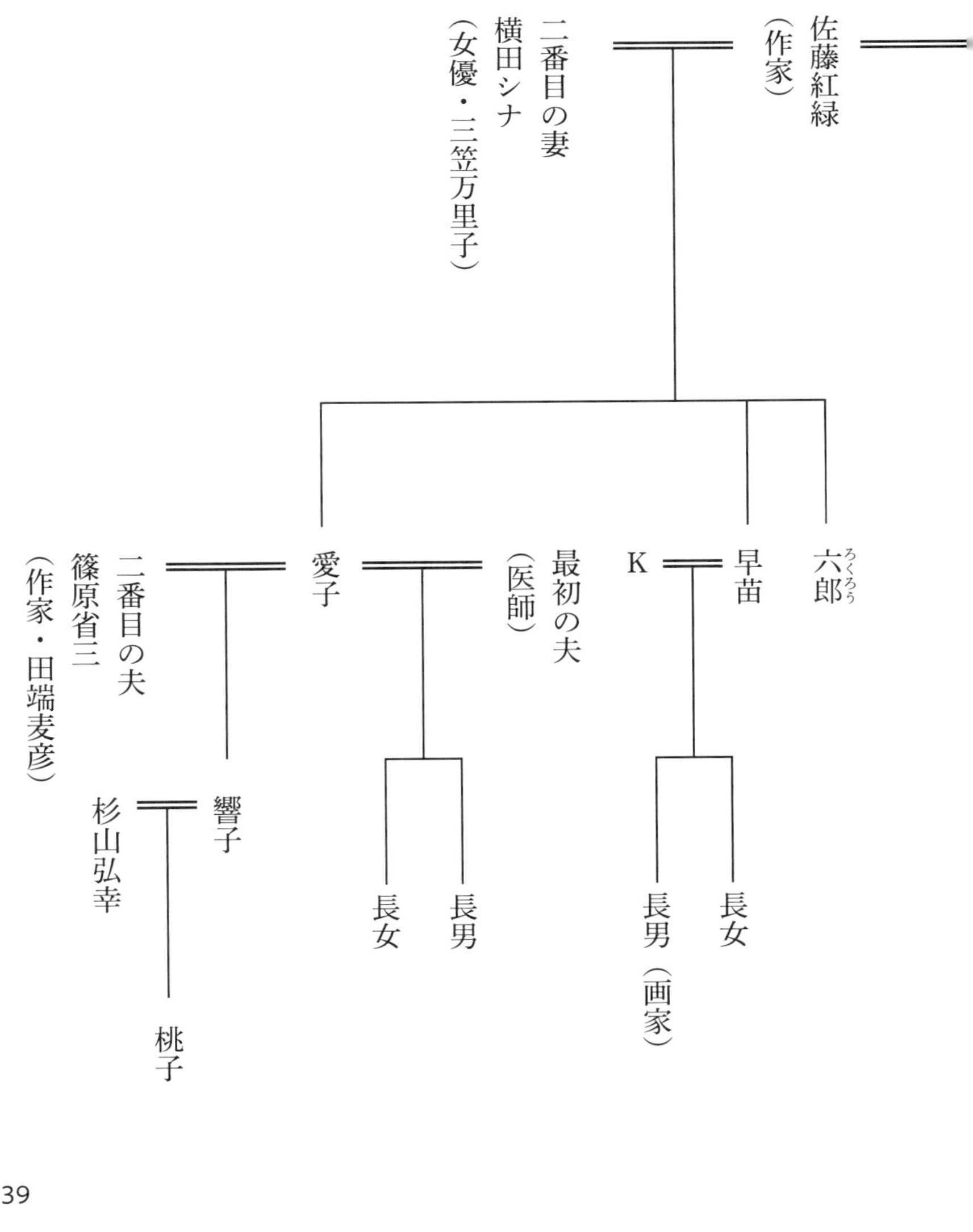
佐藤紅緑
（作家）
二番目の妻
横田シナ
（女優・三笠万里子）
六郎《ろくろう》
早苗
K
最初の夫
（医師）
愛子
二番目の夫
篠原省三
（作家・田端麦彦）
長女
長男
（画家）
長男
長女
響子
杉山弘幸
桃子

祖父からのクリスマスプレゼント

私の母は篠原省三《しのはらしょうぞう》と佐藤愛子の間に生まれた娘である。篠原省三は田畑麦彦《たばたむぎひこ》という作家として世間では認識されている。

篠原省三という人は、それはそれはお金持ちの家で育ったらしい。小さい頃に小児麻痺を患《わずら》ってしまい、そのこともあってか父親からは相当に可愛がられた。しかし度重なる事業の失敗と博打で借金まみれになったことは祖母の著書に詳しい。

ヤクザと夜通し賭け麻雀をしていたという話から、杉山家では祖父のことを「カイジ」と呼んでいる。私は数えるほどしか会ったことがないが、資産家の家で育ったことも借金まみれで生活していることも感じさせない、朗《ほが》らかで呑気な笑顔のおじいさんだった。

祖父との最後の記憶は、持っている杖《つえ》を私に見せて「この杖、エルメスなんだよ」と無邪気に自慢したことである。

ある日、母が田畑麦彦の名前をインターネットで検索してみたところ、次のような記述を見つけた。

「田畑麦彦が亡くなって、諸悪の根源がいなくなった」

おそらく祖母の著書をお読みの方がお書きになったのだろう。母は、片足を引き摺《ず》りながらもにこにこと優しく接してくれた父親を思い出し、「諸悪の根源」という記述にはやるせない憤《いきどお》りを憶えた。母の抱く父親像、私の抱く祖父像と、世間の田畑麦彦像とは相当な乖離《かいり》がある。

祖父とはあまり顔を合わせる機会はなかったが、毎年クリスマスになるとクリスマスカードとプレゼントをくれた。メッセージには私と同じ名前のゴルフプレーヤーが活躍していて嬉しい気持ちになったとか、そんなようなことが書かれていた。

プレゼントはいつもハリー・ポッターの単行本だった。毎年一冊ずつ、ハリー・ポッターの単行本を送ってくれた。小学生だった私はハリー・ポッターにどハマりした。『賢者の石』などは何回も読み返したし、関連本も自分のお小遣いで買った。でも続きは自分では買わず、祖父の送ってくれる次のハリー・ポッターを毎年楽しみにしていた。

主人公のハリーと私はちょうど同い年だった。私は毎年祖父のくれるハリー・ポッターと一緒に成長した。

祖父は私が高校生の時に亡くなった。小規模な葬式だった。佐藤愛子の後に一緒になった奥さんとその息子さんにも会った。二人とも、とてもいい人そうな方々だった。

私は祖父の死後、自分でハリー・ポッターを買っていない。『ハリー・ポッターと不死鳥の騎士団』が、私の本棚の最後である。私の中のハリー・ポッターは五年生で止まっている。

ハチローおじさん

子供の頃のある日、私は夢を見た。私は家の庭の方を向いていて、ふと顔を見上げると曽祖父・佐藤紅緑《こうろく》と大伯父であるサトウハチローが書庫からこちらに向かって歩いてくる。私が見ているのに気がついて、曽祖父が片手を上げて「おお」と言ったところで目が覚めた。それだけの夢だったが、深く心に残った。

そのことを祖母に話したら、「『おお』って言うだけ、っていうのが妙にリアルだね」と言った。紅緑とハチローを知っている祖母が言うのだから本当にそんな感じの人だったのかも知れない。

祖母が自分の兄弟について話す時は、大体がハチローの話だった。きょうだいの中で母親が同じである姉の早苗《さなえ》について話すことも多かったが、大抵は正反対の性格だった姉妹の対比の話で、楽しいエピソードはハチローについての方が多かった。

祖母の著書で多く語られているが、他愛もないきょうだいエピソードの登場人物は専《もっぱ》らハチローだった。

たとえば、童謡『どんぐりころころ』の最後の歌詞を「坊ちゃん一緒に遊びましょう」にするか、それとも「どんちゃん一緒に遊びましょう」にするかで論争した話とか、ハチローに「蓄音機の中には小さな人がいて、彼らが音楽を演奏している」と言われてすっかり信じた話などである。

出任せで即興の童謡を作って祖母によく聞かせていたとも言っていた。数々の名曲の作詞をしてきたサトウハチローの即興の歌とはどんなものか、タイムマシンがあれば聴いてみたいものである。

ある日、祖母に聞いてみた。

「おばあちゃんて自分のお兄さんの話をするとき、大体ハチローおじさんの話しかしないよね。何で?」

便宜上、我が家ではハチローのことを「ハチローおじさん」と呼んでいる。

「ハチローが飛び抜けて変だったからね。ハチローの記憶は強烈なんだよ」

母曰く、ハチローと祖母は仲が良くなかったらしい。

父・紅緑を尊敬している愛子と、自分の母を捨て他の女と一緒になった父に対して複雑な感情を抱いているハチローは、お互いを理解し得なかったのかも知れない。

しかし祖母の幼少の頃のハチローの話を聞いていると、二十歳下の妹が可愛くて仕方のない優しいお兄ちゃんの姿が見えてくる。

ハチローという人は家族を顧《かえり》みない、この上なく型破りな人だったと常々祖母は言っているが、母や妹たちへの温かい気持ちは、ハチローの作品の中に溶け込んでいると感じている。

バウムクーヘン

うちでは昔から、バウムクーヘンをホールでいただくと、刺身のように年輪に対して垂直に薄切りにするのが決まりだ。それが正しい食べ方であると母は祖母に教わったし、私も母にそう教わった。しかし、ある程度の年齢になってからふと、薄切りの状態で供されるバウムクーヘンを見たことがないことに気づいた。大抵、扇形に切られている。周りの人に聞いてみても、バウムクーヘンを薄く切って食べている人間は一人もいなかった。そもそもバウムクーヘンに正しさなど存在するのだろうか。

我が家で正しいとされているバウムクーヘンの切り方は、祖母が二度目の結婚の婚家先である篠原家の姑さんの方法らしい。この姑という人は、祖母と台所に立つと時々会話に登場する人物である。

祖母は小さい時から大変なお嬢さんだったし、女学校に上がってからは先生にちょっかいばかりかける跳ねっ返りだったから、嫁入り修行というものは大してしてこなかったらしい。一度目の結婚も戦争でそれどころではなく、祖母が嫁としての作法を学んだのはこの篠原家の姑からだったそうだ。篠原家も篠原家でとんでもない名家で、一流の人ばかりが来るようなおうちの姑さんのすることは正しいのだと思って全部真似したのだという。

この姑もなかなかの御仁で、実家は北海道で家の賃貸人をしていたそうだが、病人の枕元まで行って家賃の取立てをするようなじゃじゃ馬だったと祖母は言っていた。そう聞くと、さぞ付き合うのが大変な人そうにも感じるが、祖母にとっては大らかで口うるさくない、いい姑だったようだ。話を聞く限り似たもの同士だからだな、と私は思っている。

私は母方の祖父の家とはあまり縁がない。私が生まれた時にはとっくに祖父母は離婚していたし、あまり祖父に会うこともなかった。正しいか正しくないかはあまり問題ではない、今の私にとっては、薄いバウムクーヘンの切り方が数少ない篠原家との繋がりである。

紅緑と愛子、父娘の絆

私の祖母は佐藤愛子という作家だが、佐藤愛子の父親も作家である。名前を佐藤紅緑という。少年小説というジャンルで人気があった作家だったらしい。一度だけ、高校の時に文学史の教科書に名前が載っていたのを見かけた。

会ったこともない曽祖父だが、私はあまり曽祖父が好きではない。

家庭がありながら売れっ子作家を笠にきて「千人斬り」と称してあっちの女、こっちの女と食い散らかし、挙句《あげく》女優をやっていた曽祖母に仕事を辞めさせ、ハチローの母親を捨て曽祖母と一緒になったとかいう女の敵みたいなエピソードを持つ曽祖父のことを、私は安い感覚の男だと思っている。ある意味すごく単純な人だったのだろう。それは可愛げとも言えるのかもしれない。

他に私の知る曽祖父のエピソードと言ったら、出汁を取って味噌汁を作ったら「味噌汁に出汁を取るなど邪道、湯に味噌を溶いた汁こそ味噌汁」と言って怒ったとか、関西風の味付けを馬鹿にして家では作らせなかったとかそんな話ばかりである。面倒臭い人間というのは側から見ているだけなら面白いが、身内にいると思うと腹が立ってくる。人が作った飯に文句をつける人間は口うるさい姑みたいで女々しい。男なら出汁が入ってようが薄味だろうが黙って腹に収めとけ、と思う。

曽祖父はとにかく気に入らないことがあると怒鳴り散らす人間だった。怒鳴り散らすならまだいい方で、野球観戦をしていた時に隣の客が貧乏ゆすりをしていたのに腹を立て膝を殴ったとか、何が気に食わなかったか改札に立つ駅員の改札鋏《ばさみ》を取り上げそれで殴りかかったとか、現代なら警察沙汰の奇行に走ることも間々あったらしい。

紅緑の父・弥六《やろく》も度を超えた癇癪《かんしゃく》持ちだったそうだから、そういうDNAなのだろう。佐藤家の人間というのは、怒りを覚えると自分が如何に不快な目に遭わされているかを周りの人間に知らしめなければ気が済まない気質である。恐ろしいことに私にもその血が流れている。

こんな父親であるにもかかわらず、愛子は紅緑のことを、父としても作家としても尊敬しているのである。

祖母から聞いた紅緑の話といえば、まだ学生だった頃に上級生の下駄を燃やしてその火で芋を焼いて食べたとか、学校が火事と知るや急いで駆けて行ってもっと燃えろと上着で煽いだとか、私などは「無駄に波風を立てるだけなのだからやめておけばいいのに」と思ってしまう行動を、祖母は誇らしげに話すのだった。つまり上級生だとか学校だとか、明治の当時は今とは比べ物にならないほど根拠無く偉そうにしていたわけで、そういった権威に真っ向から楯突いていく人物であったというのが娘として誇らしいようである。

祖母が一度目に結婚した時、実家に宛てて書いた手紙を読んだ紅緑が「愛子は文才がある」と言ったそうだが、私は祖母が作家を志したのは紅緑のその発言によるところが大きいのではないかと思っている。

佐藤紅緑という人は、自分がルールであり、自分の価値観が正しく、自分と相容れない人間は其奴が馬鹿だからだと一笑に付《ふ》す、ある意味ものすごく普通の明治の頑固親父だった。先生先生と持ち上げられているうちに「毛嫌いし続けた理不尽な権威」そのものに自分がなっていたのではないかと私は訝《いぶか》しんでいる。

愛子は紅緑の価値観を驚くほど素直に受け入れている。私はそんな祖母に違和感を覚える。子供、とりわけ娘というのは、いつかは自分の親が本当は大人なんかではないことを思い知るものだ。私自身が父の娘だから思うが、娘の、男親を見る目というのは尚更厳しいものである。祖母が娘っ子だった頃はそんなことを思いつくことすら憚《はばか》られていた時代だっただろう。

しかし佐藤愛子は、「男」という無条件の権威に対して立ち向かうことを世の女性たちに示した作家ではなかったのか。

世の男どもは女の自由を理不尽に奪い続ける敵だ、奮起せよと呼び掛けながらも、前時代的な男性像を地でいく父親に対しては全幅の信頼を置くこの親子関係は、時代に飲み込まれた固定観念の被害者と言えるのか、それとも佐藤家の癇癪を一番色濃く受け継いだ紅緑と愛子の絆と言うべきか。どちらにせよ、その絆が私の代で細くなっていることを願うばかりである。

早苗と愛子

祖母には子供の時、いつも一緒だった早苗という姉がいた。異母兄弟が多い中で、母親が同じ早苗にいつもくっ付いていていたらしい。私は早苗に会ったことはないが、私が小さい頃から祖母はよく早苗について話してくれていた。私が幼稚園児ぐらいの時によく話題に出ていた人物である。

幼い私を見て自分が同じ年ぐらいの頃を懐かしんで姉を思い出していたのだろうか。祖母は自分の姉のことを「ねえちゃん」と呼んでいた。この「ねえちゃん」というのは「あんぱん」のイントネーションと同じである。私は一人っ子だから、祖母の姉の話を聞いているうちに姉という存在に何となく憧れを抱いていた。前述した「いいちゃんとおねえちゃん」というお話を書いていたのも、早苗の話を聞かされているうちに「わたしもおねえちゃんが欲しい」と思ったのかもしれない。

祖母は幼少時の自分のことを「それはそれはかわいい子供だった、よく道往く人に

『あらあ、かわいらしい子ねえ』と言われたものだ」と評していた。そしてそういう風に声を掛けられると「恥ずかしくて俯《うつむ》いて黙ってしまうような引っ込み思案な性格だった」とも言っていた。

姉の早苗は正反対で、ハキハキとしていて近所の子供達の間でも女ガキ大将みたいなポジションで活発に遊んでいたらしい。引っ込み思案だった祖母はいつも姉についてに回っていた。私は早苗の姿を幼少期の写真でしか見たことがないが、容姿は並ぶ愛子とよく似ていると思う。

年頃になっても早苗はお転婆だったようで、父・紅緑とぶつかっていたと言っていた。紅緑は紅緑で女が旅行に行くなど言語道断といった思想の男であったが、早苗はお構いなしにスキーに出掛けて行って紅緑を怒らせていた。祖母はそんな姉を見て、どうして父親に怒られてまでスキーに出かけるのか不思議に思っていたと言う。早苗の方はというと、父親の説教を尻目にぷかぷかと煙草を吹かしていたそうである。

祖母からは、早苗の話は子供の頃のことしか聞いていない。早苗も愛子もそれぞれ嫁に行ったから、実家を出た後のことはよく知らなかったのかもしれない。ここからは母から聞いた話だ。

早苗はKという東大卒の男と結婚し近所でも評判になるほどの美しい娘と息子をもうけた。しかしこのKという男は、勉強こそ出来るのかもしれないが、自分より頭のいい人間などいないと思っている手合いで、佐藤家の人間からはおしなべて嫌われていた。早苗も随分その性格の悪さに苦しめられ、勉強ができる人間が偉いと思っている夫に対抗して子供たちを芸術の方面に進ませた。

しかし早苗は老いるにつれ精神を病み、ある時期は「家の庭に爆弾が埋められている」と言ってまだ幼かった私の母を驚かせたりもしたらしい。そしてある日、早苗が電話に出ず、不審に思ったKが早苗を探すと床で倒れて亡くなっていたそうである。

一時、早苗の息子は奥さんと一緒に祖母と同じ敷地に住んでいて、母とは仲が良かった。母にとって彼は従兄であり、画家としてシュールレアリスムの作品を多く描いた。

経緯は割愛させていただくが、早苗の子供たちと祖母の関係は次第に険悪になっていった。話を聞いた時、愛子と早苗の子供たちは性格の嫌な部分がよく似ているなと思った。

芸術や音楽に精通し、話も面白く、母はこの伯父にアートに纏《まつ》わるいろいろなことを教わったようである。母は彼について話す時、「あんたはマグリットが好きだから、彼の作品も気に入るだろうと思う」と言う。

面白い絵を描くが、いざ買うという人が現れると惜しくなって売りたくなくなるという執着心が強い厄介な性格だった。売りたがらないくせに「白い絵の具は高いなあ、たくさん使いたいなあ」といつも言っていたそうだ。彼はその内に妻に愛想を尽かされ、最期は母親と同じように気が狂った末に亡くなった。

早苗の人生とその子供たちについて考えると、やるせない気持ちになる。自由を愛する佐藤家の人間に生まれて、父に、夫に、時代に自由を奪われた早苗と二人の子供たち。佐藤家の血筋がなければ縁もゆかりもない人たちだろうが、佐藤家の血なんて関係ないところで、存分に芸術について語り合ってみたかったものである。

知らない祖母の過去

中学の頃
杉さーん 杉さんのおばあちゃん載ってる
百科
へぇー まじ？
学校の図書館に置いてあった百科事典に祖母の項があった
「佐藤愛子 一九二三年 大阪生まれ」…
え…「岐阜県の医師と結婚」…？
おじいちゃん医者だったけ？
※一度目の結婚です
「男一女をもうける」!?
母は一人っ子では!?
※父親違いのきょうだいいます
「その後離婚」…
「田畑麦彦と結婚」!?!
※ペンネームです
誰!?
「一女をもうける」!?!?
は？
※母です
知らない叔父と叔母がいる!?
おじいちゃんはおじいちゃんじゃない!?
祖母知らない内に再婚した!?
私には言えない家の秘密が!?!
母…ちょっと聞きたいことが…
？
この時初めて祖母の家族関係を知りました
教えとけよ
本読め

佐藤愛子弁

友達と子供の頃の話をしている時である。

「それでその子がさぁ、どえらいごんたくれでさぁ」

「ごんたくれって何？」

聞かれて気づいたが、「ごんたくれ」という言葉を祖母以外から聞いたことがない。母も使うが、祖母がいる時につられて言う程度である。ごんたくれというのは腕白坊主とか聞かん坊とか、乱暴者の男の子を指す言葉である。

祖母は大阪の出身である。東京暮らしが長く普段の会話は標準語だが、ふとしたときに関西訛りが出る。根っから東京人のはずの母もつられてちょっと訛る。祖母と話す時には自然なことだった。

テレビが普及したことによって、我々は地方の言葉に触れる機会が格段に多くなった。大阪のお笑い芸人が増えたことで東京にいてもネイティブの大阪弁を聞くことができるし、地方に住む若い人が自然な標準語を話せるのもテレビの影響だろう。しかし、いくら関西弁が東京でも聞かれるようになっても、祖母が使う言葉で、何処の出身者も使っているのを聞いたことがない言葉というのが幾つかある。それは次のような言葉である。

○「ほん」
↓「本当に」の意味。
例：「あの子はほんかいらしねえ」（あの子は本当に可愛らしいね）

○「やりこい」
↓柔らかい。小さい頃、祖母の弛《たる》んだ腕の皮を触りながら「やりこいに～」と言うのが祖母との間で流行った。

○「～げとる」
↓誰かの行動や傾向を揶揄《やゆ》するときに使われる。
例：「あの人はほんとに関西人げとんなあ」

○「〜テキ」
↓名詞の後ろにつけて悪口を言う時に使われる。たとえば杉山なら「スギテキ」など、嫌いな人間の名前につけたりして使う。その他、貧乏人を「ビンテキ」と言ったりもする。
○「ピーポー狸《たぬき》」
↓救急車のこと。

これらの言葉は何処から来たのだろうか。私はテレビで関西のタレントが使っているのを聞いたことがない。祖母は「佐藤家固有の言葉だ」という。ならば「佐藤愛子弁」とでも呼ぶべきか。何となく人をディスる言葉が多いのは確かに佐藤家っぽいな、と思う。

家系図

たぶん　もっといる

書生《しょせい》ミヤトミ

うちの庭には梅の木が何本か生えている。梅雨の時期になると実をつけ、そのうち落果する。私の部屋は庭に面しているから、梅の実が落ちる音が聞こえると「もうすぐ夏が始まるな」と思うのである。庭は一面青梅の実でいっぱいになり、梅の甘酸っぱい爽やかな香りが家の中にまで入ってくる。梅の実を拾ってシロップや梅酒を作る年もある。祖母は基本的にそういうことは面倒くさがってやらない性格である。そのまま朽ちてゆくに任せる年もあった。

今年も梅雨が来た。祖母の耳は遠く落果の小さな音は到底聞こえない。鼻も随分前から効かなくなってしまった。

「おばあちゃん！　梅の実が落ちて家の中にいても梅の香りがするよ！！！」

祖母に大声で教えてやる。

「自分の部屋にいるとね、梅の実が落ちる音が聞こえるんだよ」

すると祖母が言った。

「昔、おじいちゃんのところにミヤトミっていう書生《しょせい》がいてね」

おじいちゃんとは佐藤紅緑のことである。

「梅の実について歌を作ってたなァ……」

その歌を私は録音しておかなかったので正確なものはわからない。確かこんなような妙な歌に節をつけて祖母は歌った。

梅の実　ぽたり　なんの音　はてな

「『はてな』には参ったねってみんな笑ったもんだよ。ミヤトミはその後旅に出たらしいよ」

書生なんて平成生まれの私にとっては小説の中にしか出てこない生き物で、それが祖母の生活圏内に普通に存在していたことはなんだか不思議な気分だった。

両親のいる二階に戻り、「ミヤトミっていう書生の話になった」と言うと、母が、

「ああミヤトミね……猫殺した人だ」

と言った。いきなり出てきた物騒な一言に面食らった。

「どういうこと」

「みんなで話してたらいきなり何の脈絡もなく『僕、猫殺したことあります』って言ったんで、みんな一瞬固まった、って話」

「へえ……」

「椿っていう詩を書いてね。

曇天の海港に焦点を置く彼女

って詠んで、また笑われてさ」

「ふうん……」

確かに大した詩ではないな、と思った。大した詩でないにも関わらず百年近く経っ

てもまだ言い伝えられ続けていることの方が、詩のクオリティ云々よりすごいことなんじゃないか、とも思った。

「それでうちの書生やめた後、何年かして自殺しちゃったんだよね」

「ええ……」

今登場したばかりの人物が五分で死んだ。見ていたテレビを横から突然バチンと消されたような、後味の悪い衝撃を覚えた。

「病んでたのかね……」

「わからんけど……」


ミヤトミという人の心情を推し量るにはあまりにも情報が足りないが、作家として認められない焦燥や、デリカシーなんて言葉すらない時代、思い通りにならない人生に思いを馳せてみた。重たい雲が頭すれすれに垂れ込めるような閉塞感を感じる。芥川龍之介が言うところの「ただぼんやりとした不安」を名もなき書生も感じていたんだろうか。私は束の間、ミヤトミと一方的に孤独を分かち合ったような気分になった。

祖母は百歳の夏から老いが加速した。認知機能は日に日に衰えていった。今日は暑いとか、お腹が空いたとか、どこかが痛いとか、そういうことしか話せなくなっている。昔話をしようにも、今言ったことを忘れるから、自分が今何について話しているのかわからなくなる。

私が祖母と共有する最後の祖母の記憶はミヤトミになりそうだ。私はミヤトミについて書くことによって、祖母の生きた時代や、時代に埋もれてしまった人間の行き場のない感情を少しでも形に残したいと思った。

第三章

アバウト・ミー

テレビ番組のADだった頃

佐藤家の家系というのは、勉強の出来ない人間の集まりである。母も祖母も、その兄弟たちも、おそらくさらに遡《さかのぼ》る先祖たちも勉強はできなかったに違いない。

中高の頃の私はしょっちゅう赤点を取っていた。家族はみな身に覚えがあるので大して叱らないからどんどん成績は下がった。下がるところまで下がって、いい加減塾か何かに通わないと留年する、という段になって漸《よう》く勉強をし始める。それで数学でいい点を取ると、「誰に似たんだろうねえ……」と不思議がられたものである。

そんな私が一番勉強した時期は幼稚園の頃である。私立の小学校を受験するために一所懸命に勉強をした。幼稚園から帰ってきてすぐに渋谷の伸芽会に行き、足し算だとか引き算だとかを勉強させられた。無事に立教女学院小学校という学校に合格し、その後は大学入学の際に英検二級を取得する以外、何ひとつ受験というものを経験しなかった。

そんな私にも就職活動という期間はやって来る。幼稚園以来の「受験」だ。とにかく何でもいいから何かを「制作」する現場に行きたいと思い、選んだのはテレビ番組の制作会社だった。二十社ほど受けて、「ザ・ワークス」という会社に拾ってもらい、ゴールデン番組の担当ADとなった。

他の業界を知らないから自分がどれくらい忙しかったのか、よくわからない。ただ帰れる時に帰り、寝られる時に寝て、食べられる時に食べる、といった生活だった。現在は労働環境も変化したと聞くが、私がいた頃はそんな感じだったのである。

私は頭を使い続けるとすぐ具合が悪くなる。朝から終電まで働いていると、二十時を過ぎたあたりから吐き気がしてくる。一度、ずっとお世話になっている整体の先生に「常に脳疲労状態」と言われたことがある。私は思考を切り替えて頭を休めることができない体質らしい。

頭を休めるには寝るしかない。だから一、二時間ぐらい昼寝したい。しかし仕事は無限にあるから昼どころか夜も寝られない。吐き気を夜食で飲み込んでいたら五キロ太った。

どうしても寝たい時はトイレで寝た。汐留のテレビ局のトイレは昼寝できるくらい綺麗である。夜の間なら階段がおすすめである。カーペット敷だし人もほとんど来ない。収録日の前日は疲れ切ったＡＤたちが倒れ込んで死屍累々《ししるいるい》の惨状であった。

テレビ局内だけではなく、編集所で一夜を明かすこともしょっちゅうである。コーヒーを買いに編集部屋を出て、ふと窓から覗いた朝焼けと都心環状線のシルエットの美しさは、徹夜明けの荒んだ心に沁《し》み入った。

思えばいろんな都会の朝を見た。

始発もまだない、夜中と明け方の間の時間、本社からテレビ局まで歩いて帰った時は、夢の中を彷徨《さまよ》っているようだった。

夜中の虎ノ門は昼間の喧騒からは想像もつかない、眠りの気配すらない無の空間だった。

新木場の大型車の駐車スペースを確保するためにアスファルトの上で一晩過ごした時は、埋立地の遮蔽物《しゃへいぶつ》のない空が明けていくのをぼんやり見つめていた。ゴミの上に建てられた夢の島の駐車場は、つい六十数年前までは海だった。自分は今、かつての海の上に寝転がっていると思ったら何だか楽しかった。

二〇一五年五月、私はザ・ワークスを退社した。テレビ業界で生きていけるほど私の体は強くなかった。

テレビ業界は大変な場所だった。二十四時間働いても寝られない日もあった。死ねだのなんだのと罵《ののし》るディレクターもいた。それでも時々、いまだにADとして働く夢を見る。毎日がお祭り騒ぎの会社員時代は何ものにも変え難い時間だった。

そしてあの時代を振り返って思い出すのは、恐らくもう見ることはない、都心の夜明けの空ばかりである。

髪をピンクに染めた日

私が記憶している限り一番最初に遭遇した芸能人は美輪明宏さんだった。家族ぐるみでお世話になっていた方で、私の両親の結婚式にも来ていただき、『愛の讃歌』を披露してくださったそうである。

小学校一年生ぐらいの時、家族で愛知県に旅行に行った際、帰りの新幹線名古屋駅で偶然お会いした。両親が気づき声をかけて少し話をしたのだが、私は美輪さんの黄色の髪の毛に強烈な衝撃を受け、呆然とその場に立ち尽くし、両親と美輪さんの会話は全く頭に入ってこなかった。あんな原色の髪の人間をそれまで見たことがなかった。

時は過ぎ、大学を卒業してテレビ番組の制作会社に入社した。職場はテレビ局であり、当然大勢の芸能人が出入りしている。彼らは仕事仲間になった。私が番組で関わった芸能人の方々はどなたもいい人ばかりで、こんな末端ＡＤの顔を覚えていて局内ですれ違った時に声を掛けてくださったり、打ち合わせの時にお菓子を分けてくださったり、みなさん良くしてくださった。

エレベーターに乗っていたら、明らかに某番組の収録を控えたスーツ姿の第一線で活躍されている芸人さんたちがぞろぞろと入ってきて取り囲まれてしまった。自分がそこに存在するだけで彼らの邪魔をしているような気分になる。こんな底辺スタッフが狭いエレベーターを一人分占拠していることに罪悪感を覚えた。

またある時、エレベーターで止まる階を間違えてしまったことがあった。扉が開くとそこは妙にしんとした階で、一箇所だけ大人たちが集まっているエレベーターがある。そこには超大物芸人がいた。大人たちがぺこぺこしていて、その芸人さんは慣れた様子でエレベーターに乗り込んで行った。一瞬だったからその芸人さんや大人たちは私の存在に気づいていなかっただろうが、彼らの空間に私のような底辺ＡＤが一瞬でも共存してしまったことに申し訳ない気持ちになった。

会社を辞め、芸能人と関わる生活は終わり、自分の活動に専念できる平和な時間が訪れた。私は週に一回、近所のカラオケに行って歌の練習をすることにした。

ある日、いつものようにカラオケに行くと、店員さんがたまたま受付を外していた。そこには会計を待っている客が一人いた。蛍光イエローのやたらに派手なコーディネートで、深めに帽子を被ってはいたが、その下から見える真っピンクの髪の毛でその人物が誰かすぐにわかった。若手芸人のE氏である。E氏は一人でカラオケに来ていたようで、束の間私とE氏はカラオケの受付という空間を共有することとなった。

E氏は自分が芸能人であることを隠そうとせず、自分が自分らしくあるためにファッションで自己表現をしている、という印象を受けた。片や私はボサボサの頭にスーパーファミコンのイラストがプリントされたTシャツ、ダボダボのズボンに無意味に大きいリュックサックといった出立ちで、あまりにも油断しきった服装だった。

私は思わずE氏に背を向けた。せめてヒビだらけのスーパーファミコンのプリントだけでも隠したかった。こんな情けないTシャツを、今をときめく人気芸人の視界に入れたくなかった。

無意識に自分の価値を否定していることにその時気づいた。自分に価値がないと思っているから、自分の価値を信じて自己表現をする人たちと同じ空間にいることが我慢できない。そして自分の自信のなさを罪悪感でパッケージングして自分を変えない言い訳をしている。カラオケのお勘定を払うE氏を見て、私は自己改革を決意した。

私は髪を染めた。それまでは祖母が言っていた、「日本人の一番派手な髪色は黒髪なのだから、染めるなんて以《もっ》ての外《ほか》」という意見を頭から鵜呑みにしていたから、染めるということは全く考えたことがなかった。一度だけ変な金髪にしたことがあったが、それは街でカラーモデルをやって欲しいと声を掛けられて染めただけである。初めて自分の意思で染めようと思った。

私の髪色は現在真っピンクだ。蛍光イエローの服にピンクの髪の毛で堂々とヒトカラを楽しむE氏への敬意の色である。

私は一体何者なのか

会社を辞めてから十年近く、私は一体何者なのか、ということに思い悩まされている。

人は常に肩書きを求めてくる。いま相対する此奴《こやつ》が社会的にどういう役割を担っているのかを知りたがる。どこに所属する人間なのかがその人を表していると思っている。人によっては相手の評価をその者の社会的地位に委ねるのだ。

私は困る。会社員時代までは良かった。「テレビマンです」「アシスタントディレクターやってます」と言っておけばみんな納得した。そう言うと「将来はディレクター?」「独立してフリーになるの?」と言ってくる。今の立場が明確だと将来の立場も提案してくれる。「そうか、会社員は会社の中で偉くなるなり独立するなりすればいいのか」と思っていれば良い。

しかし私は会社を辞めてしまった。馬車馬のように働きながらも曲作りは続けていたから、そのままミュージシャンを名乗ることにした。すると人はこう言う。

「メジャーの人の目に止まるといいねえ」

「大きなところでライブ出来るようになりたいねえ」

正直に言うと、メジャーデビューに憧れはないしライブをするのも好きではない。ただ自分の為の音楽が存在してほしいから曲を作るだけだった。しかしミュージシャンを名乗る以上は責任を果たさなければ、と思い「紅白に出たい」と思うことにした。ミュージシャンです、と言うといろんな人が現れた。デビューさせてあげるとか、大型フェスに出させてあげるとか言われた。が、結局はどうにもならなかった。本人がこんななのだから当然である。


何か自分を露出しなければ……と思い、年に二回お台場で開催される「デザインフェスタ」というイベントに出展するようになった。ＣＤを売ったりライブをしたりしたが、あまり気乗りがしないから小物を売ることにした。ラメやグリッターで装飾したメリケンサックや、暗いところで光るお化けの人形などを売った。

フィギュアやガレージキットなどの即売会である「ワンダーフェスティバル」にもディーラー参加するようになった。高校生の頃、美少女フィギュアの造形師に憧れていた時期があって、今またフィギュア制作に対して熱が再燃しているのもあり、自分で作ったフィギュアを売っている。

デザフェス、ワンフェスともに毎回三万円ほどの売り上げである。その内に漫画を描きたくなって、『形而上ルミネセンス』という漫画を描き始めた。二巻まで出したがまだ完結しそうにない。毎回デザフェスに出展する毎に続きを出すことにしている。人前で音楽を披露するより気が楽だった。果たしてライブが好きではないミュージシャンはミュージシャンと言えるのだろうか。

ある時期、出会う人出会う人に「金を稼げ」と言われた。そうか金を自分で稼げばいいのか、音楽でお金も稼いでいない自分はミュージシャンと名乗るのは間違いだと思い、改めて動画制作を勉強した。もともとテレビ番組制作の仕事をしていたから、動画編集のスキルはある程度あった。編集スキルに加えてアニメーションの制作も少しはできるようになった。自分のミュージックビデオを制作したり、動画制作の仕事をもらえるようになったが、「動画クリエイターです」と名乗るにはまだまだ烏許《おこ》がましい。週に一本、短い動画を作ってＴｉｋ　Ｔｏｋに上げてみるなどしたがバズることはなかった。

私は何者でもなくなった。何者とも名乗れなくなった。

残ったのは「佐藤愛子の孫」という空っぽの容れ物だけである。中身のない、あまりにも虚しい肩書きである。ここに（三十三歳）と書き加えると絶望感が増す。自分で書いていて笑いと冷や汗が同時に出る。「直木賞作家の孫・三十路・売れないミュージシャン」の並びはなかなかの破壊力である。言い訳をしても仕方あるまい。それが私である。

今日も好き勝手に何かを作って生きている。好き勝手作りたいものを作って生きていると言う点は、私と祖母は同じだ。売れているか売れていないか、ただそれだけの違いである。

こんなことあるんか……

かれこれ7年ほど推しているのが
でんぱ組.incの相沢梨紗ちゃんである
リサちゃーん
ぷるぷるぷる女神が参上!!
ある日…
ツイッター見てみ
友人
相沢梨紗
「九十歳。何がめでたい」
感情が無くなってしまいそうになる自分を戒めたい時に読み返す本…
九十歳。何がめでたい
小学館
推しが
祖母の
こんなことあるんか…
祖母
すげえ!

Strange But Blue

青乎
Awo

撮影：中山雅文
Photography by Masafumi Nakayama

ヘア＆メイク：田中徹哉
Hair And Make by Tetsuya Tanaka

貴方のいる青空を
僕に分けてくれないかい
埋もれる僕を見つけてくれた
あの時 みたいに

推しについて

平成一桁生まれの私はＶ６世代である。毎週火曜日の夜八時は『学校へ行こう！』を必ず観ていたし、知り合いのお姉さんにチケットを取ってもらって代々木体育館にコンサートにも行ったりしていた。当時は「推し」という言葉もなかったが、私は長野博さん推しだった。

初めてコンサートに行ったとき、二階席の最前列で、目の前に長野さんが来た時、咄嗟《とっさ》に「ひろしー！」と叫んだら振り向いてくれたことは、少女時代のひとかけらの宝石のような記憶である。

私が長野博さんのファンであることは祖母も当時エッセイに書いている。小っ恥ずかしいので私は読んでいない。もしかしてもしかすると長野さんご本人の目に留まったりしただろうか。何ぶん祖母の自分に関するエッセイは読んでいないので、私にとっては遠くの世界で起きているかもしれないことに過ぎず、そんなことよりも私はブラウン管に映る彼に夢中だった。

大人になって、私はひょんなことからアキバ系アイドルであるでんぱ組.incにハマった。音楽をやっている人間として、色々なジャンルの音楽を聴こうと思い、ふと目に留まったでんぱ組.incのベストアルバムをTSUTAYAで借りたのがきっかけだった。情報量の多い楽曲と、アイドルとしての強烈なセルフプロデュース力に魅力を感じたのだった。

私の推しは「りさちー」こと相沢梨紗女史である。かわいくてカッコよくて、プロのアイドルとして腹を括ったその姿に惹かれた。ライブにも何度か行った。一人で河口湖まで行き、富士山を背に歌う彼女たちの歌声を聴いた時は涙を流した。

ある日、アイドル好きの友人からLINEで画像が届いた。ツイッターの画面のスクリーンショットだった。開いてみると相沢女史のツイート画面である。何と祖母の本の表紙が写っている。

「『九十歳。何がめでたい』感情が無くなってしまいそうになる自分を戒《いまし》めたい時に読み返す本」

そうツイートされていた。

推しが祖母の本を読んでいるとは！

しかも読み返しているとは！

正直、どういう感情でいればいいかわからなくなった。自分ではなく祖母が相沢女史の認知をもらっている。複雑である。私はステージ上で輝く彼女を遠くから応援することしかできないのに！　でもこんな形で認知をもらえている祖母は只者ではないのかもしれない、ただの我儘《わがまま》なばあさんだと思っていた祖母を少し尊敬し直した。

河口湖のライブの日は帰りが遅くなり、夕飯を食べそびれてしまった。家に帰ると祖母が冷やし中華を作ってくれていた。「今ね、でんぱ組っていうアイドルのライブに河口湖まで行ってきたんだよ」とメンバーの写真を見せた。祖母はふーんと言いながら冷やし中華を啜《すす》っていた。

百歳近くになっても、祖母は孫の推し事情に付き合わされている。

服のセンス

私の通っていた学校は小学校から高校まで制服がなく、スカートさえ履いていれば何を着ても良い、という校則だった。とはいえ毎日着ていく服を考えなければならないのは面倒で、小学校は大体ワンピースかセットアップ、中学・高校はブレザーに襟付きシャツ、チェックか無地のスカートという、結局制服みたいな服装で学校に通っていた。

イエス・キリストは「毎日何を着ようかなどと思い悩むな」と言っているのに、学校は何を着ていけばいいのかと悩ませるなあと日々悪態を吐いたものである。

ある日祖母がそんな私を見て言った。

「何で校則なんか守るのよ。そんなもの破ってズボンでも履いていけばいいじゃない。私が女学校の時はわざと校則を破って流行を作ったのよ」

そう言われて何とも言えずイラッとした。校則を破るのがカッコいいという発想の凡庸さにもがっかりした。何故わざわざ校則を破って学校という社会生活の平穏を乱し自己主張をする必要があるのだろうか。私は子供の頃から周りに「変わった子」と言われていた。これ以上世間様がせっかく作り上げた社会秩序を乱したくない。コントロールできる部分は極力大人しくしていたいのだ。

しかしアニメなどを観ていると、どのヒロインもセーラー服を着ている。私はセーラー服に憧れた。セーラー服を着て学校生活を送りたい。しかし十中八九コスプレ呼ばわりされる。そんな時、たまたま行った骨董市でビンテージ物のイタリア海軍の制服を見つけた。これだ！　と思いそれを買って学校に着て行った。翌朝、三鷹台の駅を降りた時に後ろから「コスプレ……？」という声が聞こえた。結局イタリア海軍のコスプレで登校した形になってしまった。

高校生一年生の冬、いつものように礼拝が終わると、生徒会長が全校生徒の前に出てきた。

「みなさん、私たちの学校は私服で登校することになっています。しかし毎日、同じような服装を選んでいませんか。もっと自分の個性を服装で表現しましょう！」

そうかなるほど、と思いその年のクリスマス礼拝はいわゆるゴスロリを着て学校に行った。

すっぴんにゴスロリほど痛々しいものはない、という意見もあるが、同じ発想の生徒が他に二人いた。「よしよし程良い個性の主張だ、これで生徒会長も満足するだろう」と思いその年のクリスマス礼拝を終えた。他の生徒は多分驚いていただろうが、よく覚えていない。

私は服のセンスが悪いらしい。自分ではそうは思ってないのだが、両親は私がお気に入りの服を着て出かけようとすると強めに止めてくる。「どうしてこんなセンスの子に育ってしまったんだ」とか「南米のお盆（※）みたい」とか「小さい頃に着せたあの趣味の悪いトレーナーのせいだ」とか、兎角いろいろ言ってくる。

両親のセンスに合わないだけだろうと思っていたが、友人に「今日の格好、どうかな?」と聞いたら「その服を着るのは私の前だけにしときな」と言われた。また会社員時代に「お前の着ているその服はどこで売ってるんだ?」と聞かれたことがあったが、多分私のセンスに違和感を感じてそう聞いたのだろうと思う。

好きな服を着ればいいのだ、胸を張って歩ける服を着るのが一番だ、というのが私のポリシーだ。

私はイギリスのバンドのクイーンが好きなのだが、フレディ・マーキュリーを見てご覧なさい、あんなに珍妙な服を胸毛だらけの胸を張って着ているではないか、そんな彼に大衆は熱狂したのだ。両親にもそう説明しているのだが、二人とも眉根に皺《しわ》を寄せて首を傾げるばかりである。

私も目立ちたいわけではない。ただ、通行人が「うわ、何だあの格好、何て珍妙なんだ」という感想を抱く。そして家に帰ってご飯を食べている時なんかに「そう言えば今日、変な格好をした人を見かけたよ、何か南米のお盆みたいな人が三軒茶屋にいた」と言われてしまうとする。それは私の意図するところではない。私のことは一風景として流していただきたい。

※ラテンアメリカで、毎年十一月一日〜二日に祝われる死者の日（Dia dos Mortos/Dia de Finados）のこと

「育て方を間違えた」と親が嘆いた

"南米のお盆"コレクション

幼い頃から柄物に柄物を合わせるなどのファッションセンスを発揮してきた桃子。

「可愛いものを着たい」という欲求のままに合わせたコーディネートを、ほんの一部ご紹介しよう。

01

今年の冬のテーマは「顔」。

おばけが描かれた帽子に
ドクロの総柄パーカー、
膝にはベロを出した
ニコちゃんマークと
「顔」のテーマで統一されたコーデ。

02

水玉に擬態するおばけ。

胸元のおばけがキュートな
水玉カーディガンには
水玉のリュックを。
リバーシブルの半ズボンを
折り返してアクセントに。

03

遊園地デートには遊園地柄を。

猫がジェットコースターを
楽しんでいる様子が
体幹部分を埋め尽くすシャツ。
胸元の赤い風船のみ刺繍が施され、
一際目を引く。

「青乎《あを》」という名前

「好きな色は何か？」という質問に対して、時期によって答えが違っていた。小学生の頃は好きなゲームのキャラクターが緑の服を着ていたから緑。その内に「目立つ色だから」という理由でピンク。「寒色とも暖色ともつかぬ曖昧さが良い」という理由で紫、と変遷していった。

私には「青乎《あを》」という名前がある。創作活動をする上で使うのはこの名前なのだが、これはとある占い師の方に、「『水』の気のあるもの」「色の名前が入っているもの」というアドバイスをいただいて自分で考えたものだった。

そこで改めて自分の好きな色を考えてみて気づいた。私は本当は青色が好きである。小さい頃は青色が好きと素直に言えていたが、いつの間にか理由のない「好き」は「好き」とは言えないと勝手に思い込んで、理由のあるものだけを答えるようになってしまっていた。

その思考の根底には、「自分が好ましいと思っているものは、全人類も好ましいと思っているはず」という恐ろしい思い込みがあったのである。「砂糖は甘い」「花は綺麗」の並びで「青が好き」があると思っていた。

そもそも青色というのは本能的に好ましい色だ。青い空は暖かい気候の時に見えるものだし、青い水は安全で生き物がいる澄んだ水を表す。生命の安全を保証する色なのである。

全人類「青が好き」だと無意識に思っていた。みんなが好きな青が好きと表明したところで、それは「私はヒトです」と主張するのと同じぐらい意味のないことだと思っていた。私の脳内では「(青色が好きなのは大前提として)何色が好き?」と勝手に変換がおこなわれていた。

しかし実際は違っていた。ある友人に「何色が好き?」と聞いてみた。彼は「赤」と答えた。いやいや、君は広島カープが好きだからだろ、本当は? と聞くと、「本当に赤が好きだよ、赤が綺麗な色だと思ってる」とはっきり答えた。私は吃驚した。青以外の色を綺麗と言う人がいる! そしてはっきりわかった。好きは人それぞれである。むしろ、好きという感情こそ、その人物を構成する要素だ。

それまでは「みんなが欲しがるものを作らなければ売れない」と思っていた。作る曲も自分が歌いたい歌より、どこかで誰かが歌っていそうな曲を作っていた。しかし、自分が好きなものは自分にしか作れない。自分がやらなくても誰かが作ってくれそうなものは誰かに任せればいい。売れそうなものは売れるものを作れる人にお任せして、私は私の心を満足させることに集中しよう。せっかくモノを作る人間として生きているのだから。

私は青色が好きである。それが私の一歩目の「好き」である。青平という名前は、私が私たる最初の「好き」を表す名前だ。

芸名を考えた

昔から珍しくて読みに説明が要る名前に憧れていた
あ はい スギヤマモモコと申します
スギヤマモモコと聞いて一番初めに浮かんだソレです
三本杉のマウンテンに果物の子です
スン
口頭で簡単に説明できてつまらない
芸名を考えた
命名
青平
あを
始まりのひらがな「あ」と終わりのひらがな「を」の組み合わせ…※
あいう… かきく… わをん
A…W…O…
アルファベットを縦書きにすると線対称になる
日本人に全然馴染みのない「平」の文字!
要素激多
※「ん」は除外
美容室
芸名考えたんすよ
へェ何て言うんすか
ブルーの青に「呼ぶ」って字の右側…
コレだコレー
「あお」じゃなくて「あを」です
えっあおこ?
あをです
めんどくせェー

心霊現象が多発していた我が家

私は占いが好きだ。誰かに占ってもらうのも好きだし、自分でもタロットをめくってみたりもする。

面倒だがどこかで行かなければならない用事がある時、たとえば自動車免許の更新が近いと、鮫洲《さめず》の方位が吉方位の日を選んで行くとか、占いは腰の重い用事を済ませるきっかけにもなる。

友達をタロットで占うのも好きだ。友人の家に遊びに行くとか、旅行に行く時はタロットカードを持参して彼らの運勢を占わせてもらう。結構場も盛り上がるのでみんな占わせてくれる。

タロットカードはどれもこれも意味深な絵柄で面白い。その時その時に出た絵柄に、占う相手の人生の物語を重ね合わせて解釈する。

それは美術館で絵画を鑑賞するのに似ている。作品のモチーフ、テーマ、筆使い、色、それらと作者の製作の経緯などから、その作品に対する作者の気持ちに思いを馳せる。鑑賞する私自身の心身の状態もその時の感想に影響する。同じ絵画を鑑賞しても、その時に抱いた感情はその瞬間の、私だけのものなのである。タロットの七十八枚のカードはどれもシュールレアリスムの作品のようで見ているだけでも面白い。

占い好きといいながら、私はあまりスピリチュアルとか、そういう事柄に関わるのが好きではない。我が家は私が生まれる前から心霊現象が多発していたそうだし、小さい頃は「そういう目に見えないことというのは存在するのだ！」と信じきっていた。だが、ふとしたきっかけで見た2ちゃんねるの祖母のスレッドで「テレビのリモコンが冷蔵庫から出てきたとか、ボケてるだけだろ（ワラ」と書かれていたのを見て、「そういう捉え方をする人もいるのか」と思い、人前でスピリチュアルなことを信じていることを言うのを恥ずかしく思うようになった。

それから、祖母や祖母のような人たちの、スピリチュアルというものに対する捉え方がイヤにミーハーなものに感じられるようになった。

祖母は「前世は何か」とか「死んだらどうなるのか」とか「守護霊は誰か」などということに興味があるようだった。そういうことに興味を持つのが作家としての好奇心なのかも知れない。

そういうことを教えてもらえるのもスピリチュアルの楽しさだとも言える。ただ、「前世はこうだったから今世でこうなんじゃないか」というような世界に頭っから浸かってしまうと、今を一所懸命に生きる弊害になってしまうのではないかと危惧する。

占いというのは、当たるか当たらないかは実はそこまで重要ではないと考えている。占いのアドバイスを通じて、明日をより良い一日にしていこうという希望を持てるかどうかが本当の「アタリの占い師」であると思っている。

先日、祖母と死んだ後の話になった。「人は死んだら無になる」と言う。あれだけスピリチュアルに親しんだ祖母がそう言うのは大変に意外だった。百年という歳月をこの世で過ごすと、あの世に対する執着も薄くなってしまうのかもしれない。

神とは霊とは信仰とは

祖母は信心深かった。昔はそういうことを全く信じない人だったらしい。しかし心霊現象が多発して数々の霊能者と親睦を深めると、すっかり信じるようになった。

祖母のところにはいろんな霊能者が出入りしていて、特に祖母はとある神道系の霊能者に熱心だった。

その霊能者の先生が言うには、あの世には幾つもの階層があって、人が死ぬと幽界に行き、それから霊界に行き、そのあとはなんちゃら界、上の方に行くと神界がある。人は魂の波動を上げてその階層を上って行く。そして波動を上げるために現世に転生する……ということらしかった。

「私は波動が高い神界から来たのよ」

霊能者の先生にそう言われた祖母はまるっと飲み込んで、そのまま私に教えてくれた。人は魂の波動を上げなければならない、ということをよく言っていた。

私は私立の小学校を受験した。入った小学校は立教女学院という聖公会系のキリスト教の学校である。我が家はキリスト教徒ではなかったが、「一貫した思想がある学校が良い」という理由で立教女学院を選んだ。

私はその時幼稚園の年長さんで、よくわからないまま勉強させられ、三つの小学校を受けさせられ、その三校とも受かったから選んでいいよと言われた。選んでいいよと言われたが、よくわからないので親の顔色を見て「立教女学院」と言った。

思えば私は随分信心深い子供だった。小学校一年生の頃からキリスト教に「どっぷり浸かる」日々だった。毎朝礼拝があり、給食の前や「帰りの会」の時など、ことあるごとに祈りをイエス様の御名を通して御前にお捧げしていた。

週に一回、国語とか算数に挟まれて聖書の授業があった。礼拝を取り仕切るチャプレンとは別に、聖書の先生もいたのである。クラスメイトの家に遊びに行った時でも、食事を出されたらみんなで食前の祈りを捧げてから食べた。あの頃の私は祈りの意味などわかっていたのであろうか。それが正しいことだと教えられたからそうしていただけだったかもしれない。

三年生の時、突然気づいてしまった。私は立教女学院小学校を受験し、合格したから入学した。しかし受験をしたのは私だけではない。大勢の六歳児達、あるいは五歳児達がこの学校の入学を目指し、お金をかけ勉強と対策を繰り返し受験した。そして不合格となった子供達もいたはずである。私さえ受からなければ、もう一人この学校には入れたのだ。私は一人分、立教女学院の席を誰かから奪った。私さえいなければ、誰かが笑顔になっていたはずだ。そのことに気づいた瞬間から、私は常に誰かの邪魔になりながら生きているという感情を覚えるようになった。

イエス・キリストの教えの中に「善《よ》きサマリア人のたとえ」というものがある。ある男が追い剥ぎに遭い、道端で瀕死の状態で倒れている。彼の側をレビ人や祭司が通っていったが、みな無視した。しかしあるサマリア人が通りかかると、彼を治療し自身の家畜に乗せ、宿屋に連れて行って銀貨を渡し「これで彼を介抱してやってください、足りなければ帰りにまた払います」と言って去っていった。このサマリア人こそ神の御心《みこころ》に適《かな》う人間である、という話である。

当時の私はこの話を、自己犠牲の尊さを説いている話だと解釈した。常に誰かの迷惑になりながら生きているのだから、常に誰かの為に犠牲にならなければならない。私の持っているものは全て他人に分け与えなければならない。私が散り散りになっても、誰かが笑顔になるならば、それが神の御心に適う生き方なのだ、と思った。

たとえば私がおにぎりを持っているとする。まさにかぶりつかんとするその時、お腹を空かせた人が向こうから歩いてくる。半分に分けてやるのが神の御心に適う者だろうか。二つに割ると、明らかにちょっと右の方が大きい。その大きい方の半分を、なんの躊躇《ためら》いもなくあげられるのが神の御心か。いや、最初からそのおにぎりをまるまる一個あげる人こそがサマリア人だ。その時、私がどれだけ腹を空かしていたとしても。しかし腹は減る。何かを食べなければならない。でも私がまたどこかでおにぎりを調達したとしたら、その分誰かがおにぎりを失う。私が購入した分、誰かの購入する機会を奪っている。

私はいない方が誰かの幸せになる。私がいない方が神の御心に適う。それが行き着いた答えだった。九歳にして死にたいと思った。神が創造したこの世に存在する全てのものたちを私が邪魔している。私の邪魔など些細なものかも知れないが、邪魔者はいない方がいいに決まっている。小学校三年生から大学卒業まで、死ぬべきなのに怖くて死ねない自分を恥じる毎日だった。

祖母は魂の波動を上げろと言う。魂の波動を上げるとはどういうことだろうか。「神の御心に適う生き方をしなさい」を祖母風に言い換えると「魂の波動を上げる」という言い方になるのだろうか。神界から来た祖母は波動が高い特別な魂の持ち主なのだろうと思った。神の作った世界と、神の世界から来た祖母、私以外の全てが正しいのだと思った。

中学校三年生から自傷行為が始まった。死ぬべきなのに死ねない自分の、神の作り給うた世界に対するせめてものお詫びだった。死ぬべき自分が何かを好きになったり、消費することは許されていないのだ。

変化が現れたのは社会人になってからである。どうも社会の人々はあまり神を信じていない風だ。いや、信じているのかもしれないが、神についてそんなにみんな論じていない。社会というのは忙しい。あまりに忙しくて、リストカットする時間もない。

家と学校の外は、神の影が薄かった。

社会というものを知ってからだんだん、それまでの神の世界について一種の疑いを持つようになった。とは言っても神様は本当はいないんじゃないかとか、目に見えない世界なんて存在しないいんじゃないかと思ったわけではない。

人に言われたことを、自分の頭で考えずに鵜呑《うの》みにすることは信仰心とは違う、と思うようになったのである。そして、死んだら死んだ後の世界があるということと、今この世を生きていることは別で、この世に生まれてきた以上この世を精一杯生きなければならない、むしろこの世で精一杯、自由と幸福を目指して生きることが、肉体を持って生きる我々の定めではないだろうか。

この世で苦しくても天国に行けるから大丈夫、と考えて生きるのも救いの一つかもしれない。だが、自分が他の誰でもない、自分の為に必死に生きていることを神様が喜んでくださる、という考えの方が今の私にはしっくり来る。そしてそれが、聖書で言うところの「自分を愛するように隣人を愛しなさい」ということではないだろうか。

自分を愛せない者に隣人の愛し方はわからないものである、とイエス様は言いたかったのかもしれない。

私の経験上、人格形成の段階であまりに宗教に浸かり過ぎるのはいいことだとは思わない。とはいえナザレのイエスというユダヤ人男性の言うことは大変に勉強になる。さすが世界で一番売れている本の主人公である。「世界一売れている本の主人公の台詞」として読むのが、神とのちょうどいい距離感の保ち方だと思う。

映画を観る理由

私は映画があまり好きではない。映画を観ていると心が苦しくなる。たとえば『アバター』の戦闘シーンで、兵士Aがやられるような時、「この兵士にも愛する家族や幸福を願って育ててくれた親がいたんだろうか……」などと考えて悲しくなってしまう。そんなことが描きたくてそのシーンを挟んでいる訳ではないのはわかっているのだが、物語の登場人物も制作スタッフの思惑も全て置いてけぼりにして一人戦争の悲惨さに思いを馳せる。

パニック映画は一番嫌いである。『ジュラシック・パーク』とか『ジョーズ』とか、必ず一人アホウがいて、やらなくていいことをやって起こさなくていい事件を起こす。それで何の罪もない「その他大勢」が犠牲になる。私にはそれが耐えられない。何故パニック映画は余計なことをする奴が出てくるのだろうか。パニックを起こさなければパニック映画にならないからである。

子供の頃はイヤイヤ映画を観ていた。小学校五年生の時、ユニバーサル・スタジオ・ジャパン（ＵＳＪ）に連れて行ってもらえることになった。それに当たって母が「いいきっかけだから、アトラクションの元ネタになっている映画ぐらいは観ておきなさい」とビデオを借りてきて強制上映会が行われたのである。

当時のＵＳＪには『バック・トゥ・ザ・フューチャー』『Ｅ.Ｔ.』などの映画のアトラクションがあったから、とりあえずその二作品を観た。『ジョーズ』はギブアップした。『ジュラシック・パーク』は観ながら腹が立ったことだけ覚えている。

中学校に入って、私は演劇部に所属したから、「演技の勉強」ということでまた映画を観なくてはならなくなった。とんでもなくゆるい部活だったが、大して演技の勉強もせずに舞台に立つというのは恥だと思ったのである。

その頃に薦められたのが『ロッキー・ホラー・ショー』、それからチェコの鬼才、ヤン・シュヴァンクマイエル監督作品である。どちらもあまりにも型破りであった。特にヤン・シュヴァンクマイエルの技法と世界観は衝撃的だった。コマ撮りアニメーションというものに魅了され、期末試験期間中だろうが勉強そっちのけで母の携帯電話を借りてコマ撮りアニメーションを撮っていた。私はその頃から明確に「映像表現」というものに興味を抱くようになった。

両親は二人とも映画が好きだ。一緒に映画を観ることもあるが、「○○観た？ あの映画のそもそものテーマってさ……」と、過去に観た映画について話し合うこともよくある。家族と映画の話をすることによって、だんだん映画の見方というのがわかるようになっていった。

『シャイニング』の、ジャックが斧で扉を破るシーンのカメラワーク。『卒業』の最後の二人の表情。『2001年宇宙の旅』のラストシーンの意味。両親とそういう話をしていて、「はーん、あの赤ん坊はそういう意味だったのか」などと思っていたが、それは飽くまで親の解釈であり親の感想であるということに気づき始めた。

そのことに気づいて以降、「このシーンが好き」「このシーンは自分だったらこう描く」という自分なりの感想を抱くことができるようになった。誰の影響も受けず自分が作品を観て抱いた感想は、他でもない自分とその作品との唯一無二の繋がりであり、自分のクリエイティビティの萌芽《ほうが》である。

だから私は映画を観る。心を痛めたり腹を立てたりしながらも観る。どのカットを美しいと思ったか、どのセリフが心に残ったか、そこに私の「心のかけら」があるからである。

私が恋した男達

　私は節操なく作りたいと思ったものを作って日々を過ごしている。曲を作りたいと思えば曲を作り、漫画を描きたいと思えば漫画を描き、フィギュアが作りたいと思えばフィギュアを作り、動画を作りたいと思えば動画を作っている。

　部屋にはオーディオインターフェースやら、３Ｄプリンターやら、山のようなＨＤＤやらがさながらテトリスのように積んである。漫画だけはデジタル作画のため部屋を圧迫しない。文明の進歩に感謝である。

　祖母はいつも、

「一つのことを極めないと一流にはなれないよ。何でも出来る人は器用貧乏って言ってね、全部中途半端になっちゃうんだよ。おばあちゃんなんかは物書きしか出来なかったから、それを極めてここまで来たんだよ」

　と言っていた。無事私は器用貧乏となった。どれか一つに絞るべきかと散々悩んだが、悩むばかりで絞れないし、多分このままでいる他ない。今のところ三流の器用貧乏でも困ったことはないので、続けられるうちは全部続けようと思っている。

幼稚園の頃、家にはいろんな画家の画集があった。画集の背表紙にはアルファベットで名前が書かれていて、幼い私にはどれが何なのかわからなかったが、その中で暖炉から走り出す真っ黒な汽車の表紙に心を奪われた。それはマグリットの絵だった。私は一瞬でマグリットの世界に引き込まれた。その画集を何度も読み返した。どこに行くにも画集を持って行っては眺めていた。

小学校に上がっても、周りにマグリットを知っている子はいなくて、この世界にマグリットを知っているのは私だけで、青空の下の夜の町並みや、鳩が飛ぶ曇天の海辺の世界は私とマグリットだけのものだと思っていた。大人になって、ルネ・マグリットは日本で割と人気のシュールレアリスムの画家であると知ったし、マグリットの素晴らしさを共有できる仲間も今はいる。それでも、マグリットの絵と出会った子どもの頃のあの日、あの瞬間の衝撃は、私とマグリットだけのものだと思っている。五歳児の、一世一代の恋であった。

人生の節目節目に恋は現れる。大学生の時に聴いた東京事変の『今夜はから騒ぎ』のピアノソロを聴いた時、私の人生は変わった。それまで両親や友人に勧められた音楽を「良い音楽」「聴くべき音楽」と思って聴いていた私にとって、東京事変の伊澤一葉氏のピアノソロを好きだという感情は、誰にも干渉されない、私の中から発したものだった。『今夜はから騒ぎ』のピアノソロをこれでもかと練習した。伊澤氏の作った楽曲、弾いたピアノを片っ端から聴いた。

伊澤氏が率いるバンド「あっぱ」のライブにも足繁く通っている。初めて行ったあっぱのライブで物販を眺めていたら、たまたま物販ブースにいた伊澤氏から「Tシャツおすすめだよ。大きなサイズで着てもかわいいし」と話しかけられた気がするのだが、あれが現実だったのかどうか、まだちょっと疑っている。神からTシャツを勧められた。本当に同じ次元の世界線に生きているのだろうか。手元にはその時のTシャツがあるから、買ったことだけは事実である。

マグリットと伊澤氏の他にも、恋に落ちた人や作品はある。でんぱ組．ｉｎｃの『おやすみポラリスさよならパラレルワールド』を聴いた時は、楽曲とＭＶの透き通った世界観に頭を殴られたような衝撃だった。アニメ『エヴァンゲリオン』の碇シンジの懊悩《おうのう》と自己救済への道のりは、私の永遠のテーマでもあり、作品を作る上での一つの指針となった。フランスのバンド、Ｃａｒａｖａｎ Ｐａｌａｃｅの楽曲は、私を知らない世界に連れて行ってくれる。

つまり私は浮気性、恋多き女なのである。誰か一人とか選べない。みんな好き。みんな好きだって言いたい。それが私のもの作りの源である。全部好きだから全部作りたくなってしまう。絵を描きたくなるし曲も作りたい。面白いミュージックビデオを撮りたいし、いずれはアニメ映画を撮りたい。浮気性の三流器用貧乏だとしても、自分の中から溢れる恋の衝動には抗えない。

今日も私はあちこちの美男美女美作品に浮気をしている。

第四章

最近の祖母

赤ゲット

最近は祖母の認知機能も年齢相応に低下してきている。認知機能を維持するのにはおしゃべりがいいと言うが、大正生まれと平成生まれではなかなか共通の話題もない。祖母の昔話は三十余年で聞き尽くしてしまったから、今更新鮮なリアクションが取れない。

少し前までは私の恋愛事情について話したものだった。以前付き合っていた男性について祖母はよく質問してきた。元彼とは十九歳から二十八歳の間に三回の付き合いと別れを繰り返したが、最後に別れた後も祖母は「○○君はどうしてるの？」と聞いてきた。最近はそれもない。何とか他の話題を探さなければ。しかし認知機能の衰えは情緒も不安定にさせるから、話題は選ばなければならない。認知症の人間はいつ癇癪を起こすかわからないのである。

ある日、ネットサーフィンをしていると「赤ゲット」という言葉が目に入った。赤ゲットとは地方から東京に来た人を嘲《あざけ》って言う言葉らしい。ゲットとは「ブランケット」の意味で、赤ゲットは赤い毛布を指す言葉なのだそうである。これは明治頃の言葉で、両親に聞いてみてもそんな言葉は知らないということだった。私は祖母に朝食を持っていくついでに聞いてみることにした。

「おばあちゃん！！！！」

最近の祖母は耳が遠いから、舞台上に居るかの如き大声を出す。

「赤ゲットって知ってる⁉⁉⁉」

腹式呼吸で赤ゲットについて訊ねる。

「赤ゲット？……ああ、赤ケットか。田舎モンのことね」

何と知っていた。いや、もし知らなかったらこの話題の着地点が完全に迷子になるところだった。助かった。

「ええ！！　知ってるのォ⁉」

大声で驚いた声を出すとオーバーリアクションになるなあ。

「わたしが子供の頃の言葉だよ。ケットっていうのは毛布のことね。田舎から来た連中は人力車で東京観光をするでしょ。人力車は寒いから赤い毛布が置いてあってね。『ああ、東京の人は赤い毛布を使うのか、洒落てるな』って言って赤い毛布を掛けるのよ、それを馬鹿にして言ったんだね」

「へえええ！！！！」

「でもわたしが子供の頃には既に廃れかけてた言葉だよ。こういう下らないことばっかり覚えてるんだからねえ」

私がインターネットで調べた赤ゲットの由来とは少し違っていた。インターネットには「田舎から人の多い東京に来た時に、はぐれないよう目印にするために赤い毛布を頭から被ったのが由来」とあった。どちらが本当かはわからない。子供の頃の祖母の思い込みかも知れないし、インターネットの不正確な情報なのかも知れない。しかし真偽はあまり重要ではなかった。祖母の生きた記憶を束の間共有することができた。

「おばあちゃん、勉強になったよ！！！！」

「何でも聞いてください？」

こういう時、祖母は得意げにこう言う。久しぶりにこの言葉を聞いた。次は何について訊いてみようか。話題を探して、今日もウィキペディアの頁を漁る。

祖母はTVが好き

祖母は昔からTVが好きである
またTV見てる
新聞のラテ欄にはその日見る番組にマルがつけられていた
夏場はホラー系
んっ、メモ
買い物か？
見るのは大体バラエティ番組
これジョブチューンで紹介されてたやつ…
番組で紹介された食べ物はメモを取る
セブンスイーツ
・シュークリーム
・とろ生プリン
・ポンチゼリー
・チーズケーキ
最近は理解してんのかわかんない感じだな
音量MAX
メモも取らなくなったし
国会中継
横文字ばっかりでつまんないだろうな
いやぁ政治家って色んなタイプのハゲがいるねェ
何も変わってなかった
よかった

泥濘《でいねい》の渋谷

大正生まれである祖母は、太平洋戦争半ばに差し掛かる頃には既に女学校を卒業し、岐阜の病院の院長の息子と結婚していた。終戦間際の日本が苦しかった時代に、病院を営む婚家先ではだいぶ不自由なく過ごせたらしい。

私が子供の頃は、夏休みの宿題には大抵「おじいちゃん、おばあちゃんに戦争体験を聞いてまとめましょう」といったものがあった。

祖母の戦争のエピソードといえば「患者さんが色々贈り物をしてくれるから生活には困らなかった」とか、そうでなければ「亭主がモルヒネ中毒になって戦争から帰ってきた、帰った先が病院なものだからモルヒネを打ち放題で呆れて離婚した」とか、宿題の趣旨とは若干外れていて困ったものだった。

祖母は戦中の話より戦後の話をよくしている。モルヒネ中毒の夫を置いて東京に来た祖母は、戦後復興半ばの東京を同人作家仲間とよく彷徨《うろつ》いていたという。その中には後に夫となる田畑麦彦もいた。金もない、仕事もない、時間だけはある。祖母たちは渋谷に繰り出した。

渋谷は一面のぬかるみだった。やることがないのは皆同じである。空の下並べられたベンチに何をするでもなくおっさんが座って、「おい見ろよ、男と女が並んで歩いてるぜ」と文句を言っている。だだっ広いぬかるみの中にパチンコ屋だけがぽつん、ぽつんと立っていて、祖母たちは暇つぶしに中に入る。金がないから、床に落ちている玉を拾ってタダ遊びをする……。

私の知っている渋谷とはかけ離れた光景である。ルーズソックスの女子高生もガングロギャルもいない。自撮り棒片手にスクランブル交差点を歩く外国人観光客も、犬が立体的に映るデジタルサイネージもない。ぬかるみの中から日本はここまで復興した。敗戦後からの日本の時間の流れはさながら激流の如き勢いだったと実感する話である。

祖母は齢百を超えたあたりから徐々に物忘れが激しくなり、以前よりも明らかに同じ話を何度も繰り返すようになった。私に、お世話になった昔の編集者に、ケアマネージャーさんに、戦後の渋谷の景色を話して聞かせる。

人が来た時に立ち会うのは大体私だから飽きるほど聞いているが、一応毎回初めて聞いたような顔をする。恐らく、ぬかるみの渋谷をあてもなくぶらついていた記憶が祖母の青春なのだろう。

娘時代を防火演習と防空壕掘りに費やし、薬物中毒の夫から解放され取り戻した自由が焼け野原の渋谷というのは、学校帰りに先生の目を盗んで吉祥寺でタピオカを啜りながらカラオケに行っていた私からすればあまりにも悲惨な光景だが、それでも祖母にとっては戻ることのない青春なのだと思う。

もはや何処までが正確な記憶なのかも定かではないが、年老いた祖母の記憶の片隅で仄《ほの》かに輝き続ける青春の思い出を、ここに記録しておきたい。

映画『九十歳。何がめでたい』撮映現場見学

いざ撮影所の中へ
こちらですー
おお
これが映画のセット…
建造物の中に建造物ちょっと変な感じ
すげー
中には「家」がありました

書斎の再現度えぐ
初めての場所なのに実家のような安心感…
それにしても大人が多い…
すごく邪魔じゃない？
草笛さん入られまーす
！
草笛《うちの》光子《ばーさん》だーー!!
脳がバグった
祖母の姿をした大女優にド緊張
まぁ
孫です
日本一透明感のある卒寿

カメラが回り出すと圧巻の演技
その様子は映画をご覧下さい
大女優って空気を変えるんだな！
撮映終ると思いきや次はスチール撮映
いやぁ男前さんに手引かれていい気分ですな
90歳の体力か？
この後って年賀状の撮映ですよね？
そうですね二種類
まずは落武者撮ります
①落武者とその母親
庭にて撮映
→笹の背景、足元は
台座を支えるのが要
祖母の悪ふざけが詳細な資料で共有されていた
孫として申し訳ない気持ちになる

草笛さん入られます
来る
出たーーー
オチムシャァァ
ご先祖様に顔向けできない
ですよね
祖母の悪ふざけのせいで大女優がアラレもない姿に…
これさらし台です
私もですよ
ご先祖様に顔向けできない
草笛さんがスタンバッている
ご先祖様に顔向けできない
てことは
こんにちは
はっ

老婆コスでは隠し切れぬ
桃子役の藤間爽子です
透明感
本物の桃子さん…
本物の桃子さんにお会いできて嬉しいです!
いやむしろ藤間さんの方が本物っていうか
意味不明なことを口走る
監督からは「ヴィレヴァンの店員みたいな人」と聞いてたんですけど
はァ… 初めて言われました
記念撮映
すごくヘラヘラしている

撮映現場見学二日目

撮映見学二日目
今日はメインキャスト大集合の日…
とかなりビビり散らかしていたのですが
よろしくお願いしまーす
本物の唐沢さん…
聞けば唐沢さんは怖い人らしい…
どうしよう邪魔じゃないだろうか
実際お会いすると「ザ・職人」といったオーラを纏っていて
プロの表現者の姿勢を学ばせて頂きました。
そして真矢さん
これ母の著書です
もう読んだけど でも嬉しいです
人間とは思えぬ美しさ…
もはや透けてる
皆さんと5分ほどお話
緊張の5分間
唐沢さん
藤間さん
真矢さん
草笛さん
何故私はここに…
以来
歯ぐきぷるんぷーん
あのねこの人わし
おい調子のんなよ
あわしくれ出てる
藤間さんに謝れタコ
…
資産運用リスク分散

直木賞作家の認知症

人間、歳を取れば頭もボケる。それはかつての直木賞受賞作家だろうが変わらない。九十九歳になろうかという頃、祖母は帯状疱疹《たいじょうほうしん》を発症した。それほど症状は重くなかったが、一時期は寝たきりで、トイレ以外は起きない生活が続き、それがきっかけで一気に認知症は進んだ。

食べるものを持っていくと自力で食べることはできるが、だいぶこぼしてしまう。話しかけても返事をしなくなった。たまに目に付いた文字を譫言《うわごと》のように読み上げる。机の上のペットボトルのラベルを見て「…おいしい水…」と呟き、また虚空を眺める、という生活が二か月ほど続いたが、帯状疱疹が治ると、それと共に認知機能を取り戻した。

文章こそ書けないものの、インタビューなどはいくつか答えられるほど回復した。とはいえ、脳はダメージを受けていて、同じことを繰り返し言うとか、今聞いたことを質問するとか、そういうのをライターさんに飲み込んでもらった上でどうにか成り立っている状態だ。

現在祖母は要介護2である。百歳を迎える辺りから、祖母の認知症は次の段階を迎えた。


ある日、階段の下から私たちの住む二階に祖母が声を掛けてきた。

「桃ちゃん？」

「はいぃ！！！！！！！！」

とにかく耳が遠いので、隣三件まで聞こえんばかりの大声で返事をする。私は中学と大学の時に演劇部だった。学生時代に鍛えた声帯は祖母とのコミュニケーションに役立っている。

「いま何時？」

時計見たらええやんけ、と思いながら携帯を見る。

「十八時過ぎ！！！」

舞台上の声量で答える。テレビマン時代の癖で、午前午後ではなく二十四時間単位で時間を言った。祖母は眉根に皺を寄せて黙っている。

「午後六時！！！」

わかりやすいように言い直す。祖母は一所懸命考えている顔をしている。

「夕方の六時だよ！！！」

「夕方か」

「そう！！！」

「昼寝してたらわからなくなった。外を見ても朝焼けなのか夕焼けなのかわからないから、うたた寝のまま一晩寝たのかと思って……」

それが始まりだった。祖母はうたた寝してしまう度に私か母を呼んで時間を聞くようになった。そのうち昼間とか、夜とか、空と時計を見れば朝方か夕方かわかるような時間帯でも聞きにくるようになった。

「頭がおかしくなった……」

と祖母は言う。あなたはボケてるんです、そういうお年頃です、とは言いにくくて、

「昼寝して寝ぼけただけだよ！！！」

と言っておいた。

ある日、祖母宅に電話が掛かってきた。

「私、○○（名もなき会社）の△△（男の名前）と申しますけれども、逗子のマンションの件なんですが」

心当たりがない。

「売却のお話を以前させてもらったかと思うんですけど」

「あ、そういうお話はお断りさせていただいているんです」

うちが逗子のあるマンションを所有していることをどこから聞きつけたんだか知らないが、時々こういう人達から電話が掛かってくる。

彼らはマンションを二束三文で買い叩こうとしてくる。そのマンションは私が物心ついた時から行っている場所で、思い出がたくさん詰まっているから手放したくない。あと買った時はバブル絶頂期で一億を超える値段だったから、売ったら絶対損をする。

「あ、家具がまだある感じですか？　前回佐藤愛子さんとお話したとき、家財道具がまだ残ってるから手放せない、とおっしゃってたと思うんですけど」

祖母は何か言い訳をする時、こういう余計な物語をくっ付ける。そんなもの「今は売却は考えてません」でいいものを。

「いや、祖母はちょっと認知機能が衰えてきていて、そういうことを言ってしまったかもしれませんが、うちとしては売却は考えておりませんので」

「いやそんな風には聞こえなかったですけど」

ハァ？　何だコイツ。

「いや、とにかくあのマンションは売りませんから」

「私は佐藤愛子さんとの話について言っているんです。あなた佐藤愛子さんじゃないですよね？」

「孫です。だから祖母は認知症なんでそういう判断がつきませんから、私がお断りしているんです」

「診断書もらったんですか？」

「え？」

「その認知症っていう診断はちゃんとお医者さんがしたものなんですか？」

何なんだコイツ。

「もらいました」

本当はもらってないが、ハッタリをかましてやった。相手は言葉に詰まった。

「あとあの物件は私が相続することになってますんで。それでは失礼致します」

そう言って電話を切った。これが人にモノを売ってもらおうって人間の態度か？

ぷりぷりしながら二階に上がる。祖母は電話の呼び鈴から聞こえていないので、電話が掛かってきたことについてはいちいち説明しなかった。


暫くして、本当に医師に診断書をもらう必要があるのではないかと思い始めた。また先ほどみたいな人達から電話が掛かってこないとも限らない。祖母の元へは二週間に一度、訪問診療の先生に来ていただいている。その先生に診断してもらった。

診断結果はアルツハイマー型認知症とのことだった。アルツハイマー型認知症は時間、場所、人物の順番に認識できなくなっていくとのことだが、祖母は時間感覚が失われていて、今日が何曜日か、今年は何年か、今が具体的に何時ぐらいか、答えられなくなっていた。

認知症になると性格が変化するというが、祖母はもともとかなりきつい性格で、それが丸くなるとかそういうことはなく、むしろ先鋭化したような気がする。より怒りっぽく、より我儘に、より感情的になった。

ある日、祖母が夜寒くて眠れないというから、お手伝いのCさんが電気毛布を布団に入れていたら、「人の寝床に何してんのよ！」と怒鳴りつけた。何の断りもなく人の寝床に勝手なことをして気持ちが悪い、無礼だ、と大声で喚《わめ》き立てる。

Cさんは祖母がうたた寝をしていたから、起こしては悪いと思い寝ている間に電気毛布を敷いてしまおうとしたらしい。その間に祖母が起き騒動になったようだ。

祖母は私を呼びつけ、

「あんた無礼だと思わない？」

と言うので、
「厚意でやってくれたことだから！　無礼だとは思わない！！！」
と大声で答える。大声で答えるから喧嘩みたいになる。少なくともそういうつもりはないが、こちらが聞こえないだろうと張り上げた大声を「怒鳴りつけた」と受け取ったらしい。祖母は一層ヒートアップする。

Cさんは平謝りしている。祖母は百歳とは思えぬ大声でCさんを怒鳴りつけている。Cさんも九十近い方である。私が生まれる前からの長い付き合いの方で、少々お節介な部分もあるが、大変にお世話になっている方である。とにかくお人好しで、今までもそうやって罵られても笑顔で祖母の世話をしてきてくれた。寝ている祖母のためにマッサージをしたり、祖母が精神的に不安定だからという理由で「Cさんを呼んで」と呼びつけても嫌な顔一つせず来て祖母の話し相手をしてくれた。

祖母はCさんのそういうお節介なところが気に食わないらしい。私は祖母を無視してCさんを家に帰した。

祖母の部屋に行くと、祖母は自分のベッドの布団をひっぺ返していた。

「元の通りにするから手伝ってよ」

と言う。

「Cさんのことが気に食わないからって怒鳴りつけていい理由にはならないでしょ」

一息に言って手伝わずに二階に帰った。自分で剥がしたのだから自分で敷けばいいのだ。後から、

「手伝ったらどうなのよ！」

と叫んできた。そうやって怒鳴れば言うことを聞くと思われていることに腹が立ったので

「やだよ！」

と一言言った。すると今度は母を呼びつける。実の娘なら言うことを聞くと思っている。母は下に降りて行った。内容はわからないがとにかく二人分の怒鳴り声が聞こえて、とんでもない力でドアを閉める音が二回響いた。後から聞いたら片方は祖母で、片方は母だった。

「ばあさんが乱暴に閉めるから、あたしも乱暴に閉めたら、耳がブーン……ってなった」

と言った。耳の遠い祖母の方が強かった。

二日後、母が祖母に「相談がある」と呼び出された。聞けば、「全財産をCさんにあげて、その代わり自分の面倒を見てもらう」と言い出したらしい。一昨日あんなに怒鳴りつけておいて？　と母が問うと、

「Cさんは単純だけど聖人君子みたいな人だから大丈夫」

と祖母は答えたそうである。

裕福な家に末娘として生まれ、戦時中は医者の家に嫁ぎ、食うものにも困らず、金さえ出せば大概の人間は自分の味方につくという人生を生きてきた祖母の晩年は寂しいものだな、と思った。

髪がピンクだから

認知機能は波がある
今日は新聞読んでる…
調子よさそう
調子が悪いと
私たち いつ帰るの
え!? ここ家だよ
場所や人がわからなくなる
何者なの あなた
お手伝いのCですよ
先生 足もと危ないですから
カッ
カッ
この人 桃子
あなたの孫です わかる?
桃子はこんなに若くないよ
ありがとう おばあちゃん――!

一〇一歳を前に

私が本書を執筆している間にも祖母の頭と体は日に日に衰えている。毎週通っていた整体も、タクシーに乗り込むことすら困難になり、行くのをやめてしまった。料理をするのが好きだったが、一度プラスチック容器を直火にかけてしまいあわや大惨事、それ以降火には近づけないようにしている。程なくして台所に立つこと自体、体力的に難しくなった。

祖母が今より若かった頃、祖母は母に、

「もし私が年取って、老耄《ろうもう》して判断力がなくなってる時に写真取材が来たらあんた止めてよね。老いさらばえてみっともない姿を世間に晒したくないからね」

と言っていたらしい。現在の祖母は食べる量が減ってかなり痩せてしまった。祖母の言いつけ通り、カメラ取材は我々がお断りしている。

認知症は進行している。時間感覚は失われ、朝方に「晩飯はまだか」と起こされることが増えた。

自分がいる場所がどこなのかわからなくなって、そこらを歩き回っている内に階段を見つけたから上ってみたら、そこで初めていまいる場所が自分の家だとわかり、しかし今度は階段を降りられなくなって大変だったこともあった。結局その時は尻餅をつきながら自力で一段ずつ降りたそうである。

ある程度の会話が成り立つ時もあるが、少し長く話そうとすると、話している内に自分がいま何を話しているのかわからなくなっている様子である。


ある日、母が祖母に呼び出された。祖母の首にはいつでも二階にいる我々を呼び出せるよう緑色の呼び出しボタンがかかっているが、どうしてもボタンの存在が覚えられず、わざわざ介護ベッドから這い出て階段の下から声をかける。

「響ちゃん」

以前と比べると弱々しい声になった。元が力強すぎるのだが。

「はーい!!　はーい!!　はいはい」

大声で何度も返事をしながら母は降りて行った。

こういう時、大体は「新しいヘルパーさんが気に食わない」だとか、「何でそんなに喧嘩腰の態度で話すのか」とか文句を言われる。喧嘩腰なのではなく耳の遠い祖母にも聞こえるよう大声を張り上げているのである。

文句でない時は「私は何をしたらいいかわからない」と言ったり、「私は今夜辺り死ぬからお手伝いに泊まりに来るように言ってくれ」、と言ったりする。

一緒になって不安がってもキリがないから、「送ってもらった女性セブンでも読みなよ、おばあちゃん死ぬ死ぬ言って死んだことないから大丈夫でしょ」と宥《なだ》めて話を切り上げる。

だいぶ時間が経ってから母が戻ってきた。

「あたしのこと、早苗伯母さんと勘違いしてた」

母はそう言った。私は「ついにそこまで来たか」と思った。母は涙声だった。母は繊細な人である。

「『私は我儘な妹だった』って言ってた。自分の面倒を見てくれる人＝早苗叔母さんって勘違いしてるみたい」

祖母は気弱になった。癇癪を起こしては自分の態度に自分で凹むのを繰り返す。いままではどれだけ人を怒鳴り散らして相手が傷つこうと平気な顔をしていたものだ。

祖母は自分の生きてきた道の総清算をしているのかも知れない。それと同時に、傷つけられながらもそれと同時に笑い合って共に人生を歩んできた母も、祖母との関係の終着点を見つけようとしているのだろう。

第五章

娘と孫の対談

母・杉山響子と祖母について語り明かしてみた

杉山響子（すぎやま　きょうこ）
一九六〇年、東京生まれ。玉川大学文学部卒。一九九〇年頃から作詞活動などを始め、二〇〇八年、友人の勧めをきっかけにブログ「のろ猫プーデルのひゃっぺん飯」を書き始める。二〇一八年、初の戯曲『見えない同居人』を上演。二〇二〇年、『物の怪と龍神さんが教えてくれた大事なこと』（廣済堂出版）を出版。

桃子　今回、この本のお話をいただいた時に、佐藤愛子ということをひとまず抜きにして、「百歳を超えるおばあさんを抱える下の世代の辛さみたいなのを共感してもらえたら」みたいなのがちょっとあったの。うちの祖母をただのおばあさんとして見た時に……。

響子　普通のおばあさんじゃないからね、あの方は。

桃子　だけど、ただのばあさん的要素もあるわけじゃない？

響子　結構おばあちゃんは凡人的価値観だよね。

桃子　そうなの。何かすごい常識人。

響子　古い常識に捉われてる。「みんなみんなと言いなさんな」と言いながら、そのくせ自分も結構世間を基準にしてたりするんだよ。

桃子　だから、「三十超えてて結婚しないでフラフラしてんの、どうするの？」というのを未だに私に言って来るわけでしょ？

響子　おばあちゃんは紅緑じいちゃんに憧れているんだと思うよ。じいさんの破天荒さ、熱い情熱に。

桃子　ただのヤベェ奴じゃないの、あのじいさん。

響子　ヤベェ奴という視点で捉える人もいる一方で、破天荒さとか情熱とか、普通の人にはない情念の持ち主というところで人を惹き付けたりもする。破天荒でありながら愛すべきところもあるでしょ、紅緑という人は。ファンの子供から「いつも読んでます。どうか夏だからって氷を食べすぎてお腹を壊さないでください」なんて手紙をもらったら、天井を向いて「ワッハッハッハ、子供はいいなあ」って言いながらツーっと涙を流す。そういう純朴さにはグッとくるよ。おばあちゃんはこの話、好きでよくするけど、私も聞くたび胸が熱くなる。

桃子　初めて聞いた、その話。

響子　少年小説を書いてたからね。当時の貧しい少年たちを励ますようなものだったから、元気をもらった子供たちがファンレターを書いてくれてさ、気遣いの手紙。厄介な変人ていうだけじゃないのよ。でも、厄介な変人だからこそものを書けるという部分もあって、太宰治とか、芥川龍之介も絶対に厄介な人間だよ。実は厄介さって誰しもが持ってるんじゃないの？　その厄介さをみんな押し殺し堪えて生きてる。だから「生まれてきてごめんなさい」とか言われちゃうと「あー、私も同じこと思ってる」ってファンになる。作家っていうのはそういう人の心の「厄介さ」をキャッチしているんじゃないか？

桃子　なるほどね……。

響子　うちのおふくろさん、言ってるけど「おじいちゃんは文章はうまいねえ。あんな文章は書けない。日記ですらうまい。誰に読ませるわけでもないのに」って。

桃子　紅緑のことを？　へえー。

響子　おばあちゃんは文章に関してはものすごい厳しいんだよ。私が小説を読む時はストーリーなんだけど、おばあちゃんはストーリーよりも文章について語るね。それはやっぱり長きにわたって師事している先生から細かく細かく指導されないと到達できない境地なんだと思う。私も文章に関しては「門前の小僧」的なところがあってさ。

桃子　わかるわかる。私も結構、北海道の家に行っても何もすることがなくて、そこら辺にばあさんの本が転がってるから暇つぶしに読んで、それで鍛えられたみたいなところある。

響子　あと、「何なんだ、この文章は。ひどいねえ。あんまりひどいから、ちょっとあんた、読んでみなさい」とかってあるじゃないの。

桃子　「へえ〜、これが『ひどい文章』なんだぁ〜」って（笑）。

響子　逆に「これはうまいねえ」は、有島武郎の『或る女』。「男の有島武郎がよくここまで女を描いたよ。女そのものを書いてるよ」とか感に堪えたように言うんだけど、こっちはよくわからないから「そうだね」なんて心の入ってない相槌を打ってさ（笑）。だけどあのうるさいおふくろが褒めるんだったらどんな文章だろうって好奇心がわいてくる。そんなこんなでいつの間にか鍛えられたような気がする。

桃子　そういうのを経て、母さんも『見えない同居人』（註一）とか、戯曲を書いて……。

響子　あと『猫町』（註二）。『猫町』に関しては「あんた、文章はうまいね」って言われたよ。とりあえず佐藤愛子に「文章がうまい」って言われたら満足だな（笑）。

桃子　祖母の書くものっていうのは、内容はもちろんクオリティの高いものだけど、文章の一文字一文字のクオリティみたいなことを多分重視してるんだなって思う。たとえば、原稿を書く時にここでは「は」なのか「が」なのかっていう一文字を私たちは選び取ってやってるんだっていうふうに言ってて。

響子　佐藤愛子ってユーモア小説が多いじゃないですか。人を笑わせるってすごく難しいんですよ。人は何を根拠に笑うのかって方程式があるわけじゃない。作為的でも説明的でもダメなんだよね。脚気《かっけ》の検査みたいなもんなのよ。ひざを叩いたらポーンと足が跳ねあがる。あれは自分で操作してるわけじゃないでしょ。反射的に勝手に出てしまう。笑いっていうのはそれに近いと思う。

文章はリズムが大事

桃子　だからその一節一節を精査する力もいるし、全体も音楽に似ててリズムっていうのがあるんだよね。抜く瞬間っていうのもいるし、だけど丁寧に書き込むべき瞬間もあって、それらを一つ一つ選び取るってことなんだなって。

響子　リズムが大事っていうのはおふくろさんはよく言うね。

桃子　そう。三次元世界に生きてる我々にとっては時間軸って不可逆なんだけど、作品ていうものには四次元的な時間軸っていうのが確実にあって、文章に関しては可逆性があるわけよ。遡ってあの時の文章をもう一回読んでみよう、とかっていうのもできるわけで、だからリズムっていうのが大事になってくるんではないかな。

響子　リズムはその人そのものですよ。個性。太宰治は割とダラダラ、ダラダラってするよね。だけどそのダラダラに浸る内、いつの間にかそのリズムに呑まれて行って太宰の世界に入っていけるじゃない？

桃子　心地悪くないみたいな。

響子　そう。居心地良くなっていく。佐藤愛子のリズムもある。そのリズムで人を笑わせる。そのテクニックはすごい高等技術だと思うよ。だけど「日本の文学界はユーモア小説を下目に見る傾向がある」っておばあちゃんは嘆いているよ。

桃子　文学だけじゃなくて映画とかもやっぱりコメディ映画とかよりはヒューマニズムみたいな……。

響子　社会派ドラマのほうが高尚みたいになってるけどね。浅草の演芸場で笑うまいとして頑張ってるじいさんをいかにして笑わせるかっていうの、すごい技術ですよ。

桃子　そう考えると、ばあさんはすごいかもしれないね（笑）。

響子　すごいと思うよ。ずーっと笑わせてきたんだから。おふくろさんが私に推奨しているユーモア小説は井伏鱒二『遥拝隊長』だね。おばあちゃん、こういう小説を書きたいんだろうなっていうのがわかるよ。井伏鱒二はおばあちゃんが一番尊敬している作家。それとヘミングウェイ。若い頃に勉強の一環として井伏鱒二の『山椒魚』を原稿用紙に丸写ししたことがあるって言ってた。あの名作を原稿用紙の上にインクで綴っていったら一体どんな印象になるのか知りたかったんだって。「あんたもこれぞ、と思う文章があったら原稿用紙に丸写しにしてごらん。勉強になるよ」って言われたけど、私にはそこまでの情熱はなかったね。おばあちゃんは文学に対しては本当に勉強熱心だった。以前、おばあちゃんが「遠藤周作が最近の編集者は勉強不足でいかん」って怒ってたって言ってね。遠藤さんと電話で話してたら遠藤さんが「佐藤くん、知っとるか？　最近の若い編集者は梅崎春夫も知らんのだ。呆れて物も言えん」って怒ってたって。「あんたどう思う？」って聞くから「それはひどいね」って答えた。だけど梅崎春夫を知らなかったんで、慌てて本買って読んだよ（笑）。昔はスマホなんかないから読むしかないのよ。文学についてだったらほんとにもう何時間でもしゃべれるからね、おばあちゃんは。文芸誌とか、同人誌とか、うちのおやじさんも、ともに高みを目指した仲間もいて、「あーでもない、こうでもない」と論じ合ったりケチョンケチョンにケナされたり。そうやって成長していったんだと思う。だから、おふくろさんは何時間でも文学についてなら喋れると思う。それ以外のことはからっきし駄目（笑）。ＩＴとかサッパリ。さっぱりわからんことは今の世の中が悪い、劣化していくに違いない、と結論付けるから困るんだよね。

桃子　いや、ほんとに音楽も駄目だし、昨日も着物の話をしてたけど、着物だって良し悪しがほんとにわかるわけじゃないと私は思ってんの。知識でもの言ってんの。感覚よりもそういうふうに教えられたから「こういうものは女中の着るもんだ」とか、それはもう多分一〇〇パーセント紅緑の受け売りなんだろうなと思ってんのよ。

響子　シナさんだ。と思うよ。シナさんが紅緑はシナさんの着物に関して「ちっ」とか舌打ちするって言ってたけど、別につべこべ言わなかったと思うよ。明治の男だし。だからうるさかったのはシナさんだと思う。

ゲームにハマる佐藤愛子

桃子 そうなの？　いや、どちらにしても親の受け売りなんだなっていうのは何となく思っていて。着物もそうだし、テクノロジー的なこともそうだし。だから、それでいうと、ゲーム&ウォッチ（註三）やってたっていうのがすごい意外というか……。

響子 白色テロの台湾で、だからね。（笑）。

桃子 すごい厳しい。検閲も厳しい。いつ頃だっけ？　七十年代？　八十年代か。

響子 あれは『スニヨンの一生』っていう小説を書いてそれの取材に行ったんだね、台湾に。アホ旅行が終わった後だね。二十代の前半だから一九八〇年ぐらい。

桃子 台湾の白色テロの時代を体感してるっていうのはすごいよね。

響子 取り急ぎ、成田の空港でゲーム&ウォッチを買いましたよ（笑）。オイルパニックってゲーム。

桃子 その時グチャグチャ言わなかったの？「こんなもん買って！」みたいなことは？

響子　言わない言わない。もうこれから旅立つっていう時だからそんなこと言ってる暇ない。うちのおふくろさんも海外旅行、慣れてないし、パスポートとか航空券とか今は違うんだろうけど、こんなビランビランになってる航空券をさぁ、「チケット、ちゃんと持った？　パスポートの間に挟んで」とか。

桃子　でもよくその中でゲーム&ウォッチって思ったね。

響子　そうだねえ。ゲーム好きだったからね。取材が終わってホテルに戻ると、もうすることがないわけよ。するとおふくろさんゲーム&ウォッチでピッピッと遊んでたよ。あれは失敗するとピーッ、ピーッって残念音が鳴るんだよ。おふくろさん、その音が聞きたくないって枕の下に押し込んでた。「この音聞きたくないから音立てんようにした」って言って。

桃子　ゲーム機に関してはあんまり何も言わないよね。

響子　おふくろさんがゲームを楽しんだのは九州の唐津だよ。九州の唐津におふくろさんが一か月くらい滞在していた時があって、その時。この話、少しややこしくてさ、元はその年の夏、北海道に行ってはいけないのに行ってしまったのが事の始まりです。

毎年、夏は北海道で過ごすからなんの疑問もなく行ったんだけど、実はその年は母にとって天中殺だか暗剣殺だかで北は大凶の方角だったの。このままでは命を失いかねないって気学の先生に脅されて、慌てて東京に戻って、言われるままに「方違《かたたが》へ」で九州の唐津に飛んだの。2か月ぐらい行ってたんだよ。

桃子 何で?

響子 向田邦子さんが飛行機事故に遭われたのと同じ状況だって言われて。命に係わるから北海道で過ごしたのと同じくらいの期間を、よい方角で過ごしなさい、って。私たち初めてお正月を別々に過ごしたんだよ。私は一人で東京で新年を迎えて、おふくろさんは九州の唐津でお正月を迎えてっていう。それでも一カ月ぐらい田舎にいると退屈じゃない。それで私を東京から呼び出しては退屈しのぎにブラブラ散歩なんかするわけよ。近くホテルがあって、そこに鮫を撃つゲームがあったの。キュルキュルっておふくろさんは呼んでた。昔ながらのシューティングゲームですよ。向こうからやって来る鮫を銃で迎え打つんだよね。当たるとキュルキュルという音と共に鮫が悶え死ぬの。するとすぐに次の鮫が来るっていう。おふくろさん、はまってね。「キュルキュルやろう、やろう」って。

桃子 ハマり性だよね。

響子 ハマり性なの。それから数年たって『凪の光景』って新聞小説を書くのに必要だから小学生の子供が喜びそうなゲームを教えてくれって言ってきた。もうキュルキュルからだいぶ時間がたってるからね。ゲームも相当進化してたからね。

桃子 ファミコンぐらい？ スーファミぐらいか。

響子 スーファミでクロノ・トリガー（註四）をやってた頃よ。それでクロノ・トリガーの遊び方説明してさ。「こうやって移動するんだよ」とか、「敵が出てきたらこう戦うんだよ」とか。で、あのゲームってしばらく放置しておくと画面のキャラクター達がこちらに向かって「おーい」って手を振ってくるじゃない？ 「何やってんだ？」ってておふくろさんが聞くから、ゲームの中の人物が私を呼んでるんだって教えたら怒ってさ（笑）。「こんなことやってたら頭がおかしくなる」って言って（笑）。

桃子 怖いんだけど（笑）。

響子 「絶対に桃子にはやらせるな」って言ってプリプリしながら階段を下りてった。

桃子　何で？

響子　要するにそこから付いて行けなくなったんだと思うよ。

桃子　あー、ゲーム内に時間経過という概念があるっていうことが……。

響子　そのキュルキュルは十円だか百円だかを入れてキュルキュルを何発かやれば終わるじゃない。それがゲームなのよ。ずーっと続いてて向こうのほうから「どうするんだ？」なんてこちらに訴えて来るなんていうのは……。

桃子　ちょっと恐怖を感じたんだね。

響子　恐怖を感じた。それで「こんなことをやってたら頭がおかしくなるよ！　絶対に桃子にやらせるな」って（笑）。

桃子　大正生まれの人がタイムスリップしてゲームに触れて……（笑）。

響子　そうそう。タイムスリップしたんだよ、一瞬。タイムスリップして現実のゲームを見たら「頭がおかしくなる」ほど怖かったんだろうね。

ひじきの煮たのと干物がクリスマスのおかず

桃子　母さんの子供の時はどうだったの？　ばあさんに育てられてさ、何か影響を感じるのかなっていうのは？

響子　子供の頃は、うちのおやじが会社を倒産させて学校に行く時も借金取りが登下校のところで待ち伏せしてるんじゃないかって思ったり。ある時、親父さんがシナばあさんの離れで着替えてたんですよ。そんなこと今までなかったのよ。親父さんはまずシナばあさんのとこに行くことはなかったのよ。それがある朝、雨戸も閉め切ったままのシナさん離れで親父さんが着替えてんの。「パパ、何でおばあちゃんのとこで着替えてんの？」びっくりして聞いたら「しーっ」って（笑）。応接間に借金取りが来てたんだね。日々そんな状況だったからだったたから、教育もへったくれもなかったんじゃない。生理が来て生理帯を当てなきゃいけないとか、そういうことも親父さんの秘書から教わった。親父さんの秘書がしょっちゅう私の子守に来てくれていたんだよ。おふくろさんは原稿書きと講演旅行で飛び回っていたから。

桃子　そこはしょうがないと思った？

響子　私はそんなもんだと思ってるけど、おばあちゃんは「可哀そうなことをした」と思っているらしいよ。母親がすべきことを全然しなくて子供に我慢を強いた、後悔してる、って言ったことあるから。だけどそこを可哀そうと思われても私的には……。

桃子　そこじゃねえ（笑）。

響子　そこじゃねえのよ。それよりクリスマスのおかずがひじきの煮たのと干物だったことを反省してほしいのよ。クリスマスは一年に一回の大イベントなんだから。でも、おふくろさんは別の視点で可哀そうがってるのよね。小さな子供が我慢しているところを見るのは、親としては見るに忍びないらしい。だけど、子供は我慢が日常になってしまうと特につらくもないんだよね。普通になってるから。まぁ、すごく素直な子だったと思うよ、私は（笑）。

桃子　だからこそやっぱり傷つくことも多かっただろうなあ。

響子　傷つくっていうか、傷ついたんだけどその頃は他の母親とか他の家庭を知ってるわけじゃないから、これがもう我が家として成立しているから、そういうもんなんだろうと思ってる。みんなこういうきつい罵り方をされているんだろうし、こんな風に怒鳴られるのも普通の事なんだろう、と思ってた。

桃子　例えば髪の毛を梳《と》かして学校に行くっていうことも教えてもらえなくて学校でいじめられたみたいなこともあったでしょう。

響子　まあ髪の毛梳かそうが梳かすまいがいじめられるんだけどね。やっぱりおとなしい性格だよね、いじめの対象になるのは。

桃子　でも学校でいじめられてる云々よりも、家で怒鳴られるみたいな方がさ……。

響子　おふくろさんが意味なく怒鳴るんだよね。イライラの八つ当たりか。意味なく怒鳴ってることに気づいたのは物心付いてからで、子供の頃はいきなり落ちてくるカミナリみたいに感じてた。意味なくおやじに殴られる人っているじゃない？　大人になると「ひどいな」と思うけど、子供時分は訳わからず、きっと自分が悪いんだな、と考えるのよ。そういうもんだと思うよ。何だか当時が懐かしいよ。おふくろさん、今よりももひとつ荒かったけど。

正当性がないことを平気でやる

桃子　理屈に合わないことというか、正しくないことが嫌いだから私。でも正当性がないことを平気でやるでしょ、ばあさん。自分の感情を抑えられないのかわかんないけど。

響子　そう。だから、それを私は思うのよ。普通の人は怒りの根本原因さえ解決すれば納得して落ち着くんだけど、ばあちゃんは違う。

桃子　違うんだよ。「怒らせたんじゃなくてあんたが勝手に怒ってるだけなんだよ」って思うのよ。「そういうことを言われて怒らない人だっているの、にそれを怒るのはあなたの性格の問題でしょ」って思うのね。

響子　それが佐藤家の血なのよ。弥六じいさん（註五）、私の曾祖父さんも怒ってばっかりよ。それが佐藤家の血筋で、ばあちゃんはその佐藤家に一目も二目も置いてるからね。さっきの佐藤紅緑の話じゃないけどね。佐藤愛子もそうだし、サトウハチローもそう。

桃子　横道に逸れたけど、結局我々のばあさんに関わる話題っていうのは、どうしたって子供時代になるんだよね。子供時代に何を言われたか、何をされたかみたいな話題になりがちで、それはそれぞれに育てられてるからそうなんだけど、そういうふうに考えると私と母さんは似てると思うんですよ。ただ、ばあさん本人はめちゃくちゃ甘やかされて育ってるわけじゃない？　自分はさぁ、クリスマスにプレゼント散々もらってさ。

響子　自分の娘には「仏教徒が何を言うか」みたいな（笑）。

桃子　他にもあるでしょ？　お客さん何人来るんだって。

響子　あー、ヒステリーね。仕事のイライラを私にぶつけてくるっていう……。

桃子　ほんとに人間性を疑うんだよね。

響子　その場の感情だよね。お風呂入る前は上機嫌だったのに、風呂場で何を思い出したのか出てくる時はキレ気味だったりね。振り回されるんだよね。

桃子　その場の感情で行動を決めるのが佐藤家のその……。

響子　良くない前例を作ったわけですよ。

桃子　だとしてもだよ。それが全然人を傷つけていい理由にはならないでしょ。

響子　おばあちゃんからすれば傷つくほうが悪いってことになる。「そんなことで傷ついてどうする？」ってよく言ってたよ。「駄目だね、そんなやつは」って。昔よく言ってた。

桃子　あー、言ってたな。

響子　「そんなことで傷ついてるようじゃ、とてもじゃないけど人生の艱難辛苦《かんなんしんく》を乗り越えられないんだよ」って。弱い奴は強くなる努力をしなくちゃダメなんだ。おふくろさんの中にあるのは明治の思想なんだよ。明治の思想が平成を越えて令和まで残ってるから平成生まれはとてもじゃないけど付いて行けない。

桃子　変わらないことに対してものすごく価値を置いてるからさ。

響子　そうそう。それはそうだね。友人のおふくろさんなんかゴルフの打ちっぱなしにボーイフレンドのじいさんと行ったりしてるけど、間違いなくウチのばあさんは「ハン！」とせせら笑うね。ピースの缶に残り糸を集めていることを誇りにしている母からすれば「いい年して何をはしゃいでるんだ！」ってことになる。

桃子　ピースの缶……。

響子　ピースっていうシナさんが吸ってた煙草の両切りピースが入っていた缶カンなんだよ。そのピースの缶カンの中に一度使った後の残り糸を集めておいて、ちょっとだけ縫わなきゃならない時にその缶カンからふさわしい色を探し出して使うのよ。先人たちがそうやって爪に火を点すようにして暮らしてきたからあんたたちのいまがあるんでしょうが、っていう発想だと思う。

桃子　でも私だって別にそんな戦争を経験したことないし、貧乏もしてないけど、靴下にあいた穴を糸の切れ端で縫うぐらいはしてますよ。

響子　捨てれ（笑）。

桃子　何で（笑）。

響子　ばあさんだって、穴あき靴下は捨ててる。変なとこだけ受け継ぎなさんな（笑）。

ゴスロリの女の子に怒る

響子　墓参りの帰りだったかな。東京に台風が近づいてた時でさ。地下鉄に山高帽子みたいなのをハットピンで止めてゴスロリで決めてた女の子が座っていたのよ。そうしたら婆さん怒ってさ。「台風が来るというのに何だ、その恰好は」「これから台風が来るって時になんで備えないのだ」ってさ（笑）。

桃子　あー、はいはい。ちっちゃい帽子をピンで止めてたの。覚えてる、覚えてる。戦争を潜り抜けるとこうなるのかなと思うんだけど、備えることが素晴らしいみたいな。たとえば起業しました、銀行から融資を受けて会社を興して返済しながら自分がやりたいことで金を稼ぐっていうのは、何にもおかしいことではない、むしろ褒めるべきことだと思うんだけど、それを「借金してまで会社なんか興すもんじゃない」みたいなことを言う。カイジのこともあるから。（40頁参照）

響子　そうだね。

桃子　あとコロナのことがあったじゃない？　コロナの時にいろんな会社というか、いろんな飲食店がどんどん倒産していって、となった時に「そんなもん、こういう時に備えておかないほうが悪い」って言うんだよね。「悪くはないだろう」って思うのよ。

響子　割と文句のための文句は言うよ。

桃子　そういうことなの？

響子　うん。そういうことだと思うよ。そういう例はいっぱいあったと思うなあ。

桃子　私も未来のためにいまはあるんだっていう考え方だった、若い時は。だけど、だんだん年取って、「いまの積み重ねで未来があるんだったらいまを豊かにしないといい未来は来ない」という考えにシフトしてったのよ。となると、それが正解かどうかはその人次第なんだけど、ばあさんっていつまでも同じ考え方でずっと生きてると思うのね。

響子　だってそれはもう、年を取ったら新しい価値観なんて……。

桃子　それはそうなんだけど、母さんはおばあちゃんの若い頃を知ってるわけじゃない？　その頃から考え方が変わってないでしょ？　あの人は考え方を変えるということがない人だなと思うのね。何か学び取るみたいなことがない人なんだと思うのよ。「こういう考え方もあるのか」という考えは一切ないなと思うのね。「こういう人もいるんだよね」ということって多分おばあちゃんの人生の中にいっぱいあったはずなんだけど、そこから「いや、それは私は悪くない。あっちがおかしい」っていうエピソードって全部変わっちゃうと思うのね。「こうこう、こういう人がいてさ、こういう考え方もあるかなあと思ってて、そういう時に自分はこういう思い込みがあったということに気づいたんだよね」というような話。若い時にそういうエピソードが一切出てこないから、若い時からずっとそうなんだなと思うのよ。

響子　気づきみたいな話？

桃子　そうそう。出るじゃない、うちは。ばあさんから一切出ないでしょ。

響子　でも、それは口に出さないだけで心の中では思ってるのかもしれないしね。

桃子　私はばあさんからそういう話を聞いたことはない。何か「世の中に実は答えっていっぱい転がってるんだよ」みたいなことなんだけど、そうじゃなくておばあちゃんは自分の見てきた、自分の経験してきたのが全て正しいと思っていて、そこから私に教えようとしてた感じがあるのよ。

響子　説教するのが好きだからねぇ。人に対して説教してる時間が楽しいんだよ。

桃子　おばあちゃんはおばあちゃんなりに孫のことはかわいがってくれたなあとは思うけどね。

響子　取って付けたように（笑）。

桃子　いや、今ここに、子供の頃にポケモンの名前を覚えさせようとしてっていうようなエピソードをメモしてあって。ばあさんの子供の時は友達が近所に住んでることが当たり前だったじゃない？　でもうちはそうじゃなかったから、っていうのを何か可哀そうがってた記憶があるの。

響子　そうかもしれない。

桃子　ばあさんはそんなふうに生きてきたからそうなのかもしれないけど、私は小学校で友達の家に行くのに担任の許可がいるっていうのが普通だから、別に何ともなくて、ただ、それが何ともなかったのは親なりばあさんなりが遊び相手をしてくれたことからなんだよね。それはちゃんと遊び相手をしてやろうとばあさんが思ってしてくれてたってのはあるから。やっぱりばあさんはばあさんなりに多分家族のことを思いやってるつもりなんだろうなと思う。

響子　それはそうだと思うよ。心配性だし。

桃子　でもその心配だというのも自分のための心配なんだもん。

響子　そうそう。自分の中に不安が生じるのを恐れているのよね。

註一　『見えない同居人』　杉山響子作の戯曲。二〇一八年十一月中野にて初演。死後の世界、霊となった女の子「一子」が、怨霊二体と共に先輩の住むアパートで四十九日を過ごす物語。

註二　『猫町』　杉山響子作の小説。野良猫たちが住むもう一つの世界「猫町」を描いた。未発表。

註三　ゲーム&ウォッチ　一九八〇年に任天堂が発売した、任天堂初の携帯ゲーム機。

註四　クロノ・トリガー　一九九五年にスクウェア（現スクウェア・エニックス）から発売されたRPG。

註五　弥六じいさん　佐藤紅緑の父・佐藤弥六のこと。江戸に上り福澤諭吉の元で英学を学び、慶應義塾の会計係をしていたが、その後弘前に戻り青森県会議員を務めた。

おわりに

私は本書を「佐藤愛子の孫」として書く、最初で最後の本と思って執筆した。今後また佐藤愛子について聞かれることがあれば語ることがあるかもしれないが、少なくとも本人が存命のうちに書けることは全て書いたつもりである。

母がことあるごとに話題に出すのが、私の小学生の頃の発言である。どういう文脈だったかは忘れてしまったが、私は母に「あたし、おばあちゃんとは合わないわー」と言ったそうである。私自身は覚えていない。ただ、母は「小学生でも、『人と合わない』と思う感覚があるのか……」と驚いたと言っていた。

言ったことは覚えていないが、確かに私と祖母は合わないと思う。祖母は情動とか、その時の感情とか、そういうものを重んじる人間であるが、私は合理性や正当性を重視している。祖母は私のことをよく「頭でっかちで理屈っぽい」と言うが、私は祖母に対して「事実や道理より自分の感情を押し通す人」と思っているのである。

私の祖母に対する評価は変わることはなかった。祖母は一貫して人間の情動を大事にし続けている。腹の立つ時は全力で腹を立てるし、面白いと思うことは全力で楽しむ。そこにはなんの柵《しがらみ》もない。感情を空に解き放っている。それで誰が笑おうと傷つこうと、祖母は自由を身体中で受け止めている。

私にはそれが理解できなかった。誰かの感情のゆらぎの上に成り立つ自由など存在し得ないと思っているからだ。自分のせいで誰かの感情が左右されている時、自分は自由ではない、と私は考える。しかし祖母はそんな小難しいことを考えていない。そういう理屈からも全て解放されたところで生きている。私には出来ない生き方である。

私を初め佐藤家、杉山家、さらに父の実家族共々十年以上お世話になっている整体の先生がいる。操法《そうほう》をしてもらう以外にも、いろいろなことをお話したり教えていただいたりしている。その中で、先生が教えてくれたのが、「自由でありたいと望むことこそが人間の本懐である」ということだった。

逆に言えば、私はその先生に自由を望むことの重要性を教えてもらうまで、自由とは生きる上では希望要件だと思っていた。自由は求める人が享受すれば良い。自由になるために何かを犠牲にするなどナンセンスだ。しかしそれは違うということを先生は言った。自由でいたいと思うことが人間の人間たる最も根源的な欲求である、そしてそのためには肉体も精神も自立していなければならない、そのお手伝いをするのが整体なのである、とのことだった。「人のために生きてたら、それはその人の人生になるんであって、自分の人生じゃなくなっちゃうからね」とも言っていた。

そういう意味で、祖母は自由を求める純粋な人間なのだった。亥年生まれらしく他のものが目に入ってないだけで、今自分が自由であればそれ以上何も望まない、人間らしい人間なのだ。

私は違う。目の前の自由を即座に掴み取ることができない。果たしてこれは掴んでいい自由か、本当の自由と言えるか、誰のものでもない自分の自由なのか、精査に精査を重ねずにいられない。非常にめんどくさい、ややこしい、回りくどい人間なのである。

しかし今になって思う。祖母のやり方が自由を掴むための方法とは限らない。自由を疑ってもいい、目の前の自由をみすみす取り逃してもいい、一時的に自由を失ったって大丈夫。今、自分が納得するために、そして最期にまさしく自分の自由を勝ち取るために、祖母とは違うやり方で私は自由に向かって突き進もうと思う。

「自由を求め邁進する」佐藤家イズムは、真反対の性格の私にも継承されている。

杉山桃子

【著者紹介】

杉山桃子（すぎやま　ももこ）

1991年、東京生まれ。立教大学卒。作家・佐藤愛子を祖母に持つ。幼少期より祖母のコスプレ年賀状に付き合わされ、その経緯が2016年、書籍『孫と私の小さな歴史』（文藝春秋）として出版される（文庫版のタイトルは『孫と私のケッタイな年賀状』）。現在は「青乎（あを）」名義で音楽、映像などの創作活動を行っている。

佐藤愛子の孫は今日も振り回される

2024年11月5日　初版発行
2025年4月23日　3刷発行

著　者　杉山 桃子
発行人　松岡 太朗
発行所　株式会社コスミック出版
〒154-0002　東京都世田谷区下馬6-15-4
代表 TEL. 03-5432-7081
営業 TEL. 03-5432-7084
FAX.03-5432-7088
編集 TEL. 03-5432-7086
FAX.03-5432-7090
https://www.cosmicpub.com/
振　替　00110-8-611382

ISBN 978-4-7747-9294-1 C0095
印刷・製本　株式会社光邦